文春文庫

情死の罠

素浪人始末記（二）

小杉健治

文藝春秋

目次

情死の罠

素浪人始末記（二）

第一章　情死

一

七夕が過ぎて、残暑もようやく峠を越え、大気も澄んで爽やかな季節になった。

元鳥越町(もととりごえまち)の万年長屋にひと月前から流源九郎(ながれげんくろう)という精悍な顔つきの浪人が住んでいる。

源九郎は二十九歳、色浅黒く、逆八文字の眉の下に鋭い切れ長の目。鼻筋が通り、引き締まった口元は意志の強さを窺わせた。細身だが、胸板は厚く、肩の肉は盛り上がっている。

酒好きで、仕事がない日はいつも近くの居酒屋『呑兵衛(のんべえ)』に昼間から入り浸っている。だが、酒は強くない。

『呑兵衛』は女将(おかみ)のおさんと亭主で板前の喜助(きすけ)、それに小女のお玉(たま)の三人で切り盛りしている。入って右手に十人ほど座れる小上がり、左手には長い腰掛けが二列に並び、六人ほど座れる。

客は職人や行商人、それに日傭(ひよう)取りなどである。源九郎のような浪人もたまにやってきた。

源九郎は二合ほど呑(の)んで、いつも小上がりの座敷で寝てしまう。この日も、いつの間にか肘枕で寝込んでしまった。

夕方になると客が立て込んでくる。座る場所がないと、小女のお玉が源九郎を起こす。

この日も、お玉が源九郎の肩を揺すって、

「もう起きてくださいな」

と、大声を出す。

「うむ」

唸ってから、源九郎は体を起こす。

「よく寝ていた」

源九郎は伸びをした。

店内は顔なじみの客でいっぱいだった。

「流さん、いいですかえ」

棒手振りの勘助が笑いながら言う。二十四歳の小肥りの男だ。同じ長屋の住人だ。

「ああ、すまなかった」

源九郎の横に、勘助が座った。

「お玉ちゃん、冷で」

勘助がお玉に酒とつまみを頼んだ。

「こっちも」

源九郎は声をかける。

「だめです。また寝られちゃ困りますから」

お玉がぴしゃりと言う。

「気をつける」

源九郎はもごもごと言う。

「お玉ちゃん、流さんにも酒を。俺につけて」

勘助が言う。

「勘助。自分で払う」

源九郎は言う。

戸口に人影が射して、いかつい顔の男が三人入ってきた。はじめて見る顔だ。先頭に四角い偏平な顔の男、続いて痩身の頰に傷がある男、そして大柄な男の三人だ。

お玉が出て行き、

「あいすみません。今、いっぱいでして」

と、断った。

「俺たちに吞ませる酒はないって言うのか」

四角い偏平な顔の男が大声を出した。

「そうじゃありません。ご覧のように、いっぱいなんです」

お玉は毅然と言う。

「どこでもいいから、席を作れ」

「無理です」

「なら、俺たちで席を作ろう」

大柄な男が辺りを見回した。小上がりの客は皆目を伏せた。

男の目の動きが止まった。その先に、日傭取りのふたりの男がいた。

「おい、おまえら」

男はふたりに向かい、袖をめくり、彫り物を見せ、

「どけ」

と、凄んだ。

「へえ」

日傭取りは竦み上がった。

「困ります」

お玉が抗議する。

「俺たちは酒が呑みてえんだ。酒を持って来い。さあ、おめえたち、どくんだ。それと、あとひとりだ。おまえ」

男は横にいる印半纏に腹巻姿の男に、

「どけ」

と、威嚇した。

「おいおい、無茶言うな」

源九郎は座ったまま声をかけた。

「なんだと」

大柄な男が源九郎のほうに向かってきた。

「お侍さん、今何か言いなすったかえ」

四角い偏平な顔の男が歯茎を剝きだした顔を近付けた。

「席が空くまで、外で待っていたらどうだ」

源九郎はあしらうように言う。

「てめえ」

大柄な男が源九郎の襟首を摑もうとした。その手首を摑んだまま、

「ここで騒いだら、皆の迷惑だ」

と、源九郎は諭した。

「痛え」

「わかったか」

源九郎は手を放す。

「このやろう」

四角い顔の男が懐に手を突っ込んだ。

「おい、物騒なものを出すなら外に出よう」

源九郎は小上がりから下りた。

兄貴分らしい頰に傷のある男が、

「お侍さん、あっしらとやり合おうって言うんですかえ」

と、ひややかにきいた。

「そっち次第だ。自分たちの非に気づいて退散するなら見逃してやる」

源九郎は落ち着いて言う。

「じゃあ、表に出ろ」

頰に傷のある男が吐き捨てた。

源九郎は三人のごろつきとともに外に出る。『呑兵衛』の客も恐る恐るついてきた。

もう夜の帳は下りていた。

店の横の暗がりで、ごろつき連中は立ち止まった。

源九郎は三人に向かい、

「皆、見ている。謝って逃げるなら見逃してやるが」

と、声をかける。

「ふざけやがって」

頰に傷のある男が懐から匕首を取り出した。大柄な男も四角い偏平な顔をした男もいっせいに匕首を手にした。

「仕方ない。かかってこい」

源九郎は三人の顔を交互に見た。

「行くぜ」

頬に傷のある男が匕首を指先でくるりと回転させた。匕首の扱いに慣れているようだ。匕首を握る手を口に持って行き、ぺっと唾を吐いて源九郎に近づく。無気味な笑みを浮かべ、ひょいと匕首を振り下ろし、すぐ手首を返してさらに匕首を振るった。

源九郎は微動だにせず、冷やかに立っていた。頬に傷のある男の動きは止まった。脅しがきかないことにあわてたようだ。

「どうした、それだけか」

「うむ」

相手は唸った。

「では、こっちからいく」

源九郎は素早く相手に飛びかかり、匕首を持つ手の手首を摑んでひねった。頬に傷のある男は匕首を落した。

「わかったか。もう去れ」

源九郎は摑んでいた手首を放した。

大柄な男が背後から匕首を腰に構えたまま突進してきた。源九郎は身を翻して避け、脇を行き過ぎた男の尻を蹴飛ばした。大柄な男は顔面から地べたに突っ伏した。

四角い偏平な顔をした男が匕首を構えたまま立ちすくんでいる。

「どうした、やるのか」

源九郎は一歩相手に迫る。

四角い顔の男は後退(あとずさ)った。すっかり腰が退(ひ)けている。

「いいか、二度と堅気の衆に無法な真似(まね)はするな。今度同じことをしたら、ただじゃすまない。わかったか」

源九郎は兄貴分らしい頰に傷のある男に強く言う。

「…………」

「どうなんだ？」

「わかった」

「よし。ふたりを連れて引き上げろ。二度と『呑兵衛』に顔を出すな」

匕首を拾い、三人は逃げだした。

「流さん、すかっとしましたぜ」

さっき難癖をつけられた腹巻に半纏を着た職人の男が声をかけてきた。同じ長屋の住人で大工の留吉(とめきち)だ。

「おかげでせっかくの酔いが醒めてしまった」

源九郎は渋い顔をした。

「呑み直しましょう、あっしのおごりで」

留吉が言う。

「いや、それは困る」

「いいじゃないですか」

棒手振りの勘助も誘った。

「そうか、じゃあ、遠慮なく」

源九郎は『呑兵衛』に戻った。暗がりから視線を感じたが、そのまま店に入った。

「あの三人は金貸しの取り立て屋です。おそらく、この近所で取り立てをした帰りじゃありませんか」

大工の留吉が言った。

「あの様子じゃ、かなり手荒な真似をして借金を取り立てているようだな」

源九郎は顔をしかめた。

「さあ、呑み直しましょう」

勘助が言い、徳利(とっくり)を手にとった。

「よし、呑むか」

源九郎は舌なめずりをして猪口（ちょこ）を差し出した。

五つ半（午後九時）を過ぎて、源九郎は棒手振りの勘助と大工の留吉といっしょに『呑兵衛』を出た。

あれから、『呑兵衛』の店内は盛り上がった。さっきの連中はあちこちで悪さをしているごろつきだということだった。

源九郎はよろけながら鳥越神社の脇を通って長屋に向かう。

「流さん、だいじょうぶですか」

よろけるたびに、留吉と勘助が手を貸す。

「すまぬ。すっかり酔っぱらった」

万年長屋の木戸を入る。長屋は静まり返っている。

とば口に住んでいる勘助と別れ、源九郎は留吉と奥に向かう。

足音を聞きつけたのか、留吉の家の腰高障子が開いて、かみさんが顔を出した。

「あら。流さん、また酔っぱらっているの」

かみさんが眉根を寄せて言う。

「なに、もう酔っていない」

源九郎はしゃきっとしようとしたが、すぐ足がよろけた。

「今夜は流さんに助けてもらったんだ」

留吉が言う。

「あらまあ」

かみさんは相好を崩す。

「じゃあ、流さん、お休みなさい」

「ああ、世話になった」

源九郎は留吉に声をかけ、隣の自分の住いの腰高障子の前に立った。長屋の一番奥の部屋だ。

戸に手をかけたが、ひとの気配がした。『呑兵衛』に戻るときに感じた視線を思いだしながら、戸を開けた。

暗がりに、赤い火の玉が光った。遊び人ふうの男が上がり框に腰を下ろして煙草を吸っていた。

「やはり、そなたか」

源九郎は戸を閉め、腰から刀を抜きとり、男の前を通って部屋に上がった。

男は五郎丸（ごろうまる）。播州美穂藩（ばんしゅうみほ）江間（えま）家の領地から丹後（たんご）の山中にある禅寺への逃亡に力を貸してくれた男だ。

五郎丸は煙草盆を手にとり、煙管（キセル）の雁首（がんくび）を灰吹に叩いて灰を落し、

「だいぶ、長屋のひとたちと打ち解けてきたようですね」

と、目を細めた。

「皆、いいひとたちだ」

源九郎は言う。

「もっといい暮らしも出来たのに、なぜ長屋暮らしを選んだんですね」

「私は死んだ男だ。世間の目を晦（くら）ますには長屋住まいがいいだろう」

源九郎は声を潜めて言い、

「それにしても、よく探し出せたな」

と、きいた。

「かなり苦労しました」

今年の夏、源九郎は丹後から流源九郎の足跡を残しながら中山道（なかせんどう）を使って江戸にやってきたのだが、出発前、高見尚吾（たかみしょうご）から言われた。

「江戸についてからのことだが、やはり用心して、住む場所など、すべて自分ひとり

でやってもらいたい。そなたにとって厳しいことだが、万が一奉行所に目をつけられて周辺を調べられたときに備えて」

尚吾は間を置き、

「源九郎どのの居場所はこちらで探します」

と、言い添えた。

「かなりの用心深さだと思いますが」

源九郎は疑問を口にした。

「相手はご公儀ですから」

尚吾は厳しい顔で言う。

その言葉どおり、江戸に着いた源九郎は住い探しからはじめた。

住いを小井戸道場のある飯倉四丁目や下野那須山藩飯野家上屋敷のある築地、さらに播州美穂藩江間家上屋敷がある木挽町から遠く離れた場所、ただし、今後の動きを考えて中心からあまり離れた場所は不都合であり、選んだのが元鳥越町だった。

最初は長屋に住いを求めたのは市井に溶け込むためにいいと思ったからだ。今後、ことの成り行き次第では、住む場所も変えなければならなくなるが、ともかく源九郎が選んだのはこの長屋だった。

そして、ここに住みついて一か月。五郎丸が現れた。

「本郷や神楽坂、あるいは下谷か三ノ輪辺り、さらにいえば浅草周辺に見当をつけたのですが、見事に外れました」

五郎丸は苦笑した。

「だが、今日わかったわけではあるまい」

「ええ、十日前に」

「いや、半月前だ」

源九郎は訂正した。

「やはり、気づいていたんですね」

「うむ。なぜ、そのとき、訪ねなかったのだ？」

「しばらく様子を。周辺にどんな人間がいるかを」

「俺の暮らしぶりもな」

「まあ」

「毎日呑んだくれているのを見て、心配にならなかったか」

「さっきまで『呑兵衛』で呑んでいたのに、今はしゃっきとしています。酔った振りをしている」

「で、今日になって現れたのは用があってのことだな」

「はい。高見尚吾さまが昨日、江戸に出てこられました」

「尚吾さまが？　何かあったのか」

高見尚吾は播州美穂藩江間家の藩主伊勢守宗近（いせのかみむねちか）の近習番（きんじゅばん）である。

「急の出府ですからそうだと思います。何があったかはわかりません」

五郎丸は続ける。

「明日、お会いしたいとのこと」

「わかった」

「朝の四つ（午前十時）に、湯島天満宮の拝殿近くでお会いし、ご案内いたします」

「わかった」

「では、私は」

五郎丸は立ち上がった。

「送っていこう」

「いえ。だいじょうぶです」

五郎丸は言ってから、

「飯倉には？」

と、きいた。

「いや。もう、関係ない」

源九郎は胸が張り裂けそうな思いになった。

「小井戸道場は門弟もだいぶ増え、活況を呈しています」

「そうか」

源九郎の脳裏を多岐の顔が過った。

「もし、必要なら様子を窺ってきますが」

多岐のことだ。

「いや」

「わかりました。では、明日」

五郎丸は引き上げた。

源九郎は心張り棒をかい、ふとんを敷いた。

しかし、五郎丸と会ったせいか、神経が昂って寝つけなかった。

振り払っても、多岐の顔が浮かんできて、源九郎の胸を締めつけた。

二

今は流源九郎と名を変えているが、実の名を松沼平八郎という。

六年前、那須山藩飯野家の家臣だった平八郎は藩主飯野正孝公の供で出府し、築地の上屋敷で一年間を過ごした。非番の折り、芝増上寺に参詣し、本堂の前で美しい娘を見かけ、一目で心を奪われた。それが多岐だった。

多岐は飯倉に剣術道場を開いていた小井戸伊十郎の娘だった。

多岐を妻に迎え、那須山藩領内で平穏に暮らしていた平八郎に悲報が届いたのは去年の六月だった。

義父の伊十郎が門弟である浜松藩水島家家臣の本柳雷之進の闇討ちにあったのだ。

伊十郎の嫡男伊平太の仇討ちの助太刀のために平八郎は那須山藩を辞め、仇討ちに加わった。

伊平太の助太刀は義兄である平八郎と、道場で師範代を務めていた三上時次郎。かたや、本柳雷之進には藩主水島忠光が十名以上の助太刀をつけて決闘が行われた。

平八郎の働きにより、見事仇の本柳雷之進を討ち果たしたものの、伊平太は決闘で受けた傷が元で落命した。

この仇討ちはこのままでは終わらず、平八郎は浜松藩水島家が繰り出す刺客に狙われた。本柳雷之進は浜松藩藩主忠光の寵愛を受けていた。

この危機を救ってくれたのが、播州美穂藩江間家の藩主伊勢守宗近であった。近習の高見尚吾を介して江間家に仕官させてくれたのだ。

もはや、手出しはしないと思ったが、水島家藩主忠光は執拗だった。老中にまで手をまわし、播州美穂藩を追い詰めてきた。平八郎を差し出さないと美穂藩江間家に無理難題が押しつけられる。

平八郎を差し出すしか江間家にかかった災厄から逃れる術がないという状況で、伊勢守は平八郎の命を助けるべく奇策を思いついた。

平八郎を美穂藩で殺す。そして、去年の十月二十日に播州美穂藩領の大辻村にある藩主の別邸にて美穂藩の討っ手に襲われた平八郎は炎に包まれて落命した。

しかし、平八郎は密かに炎の中から脱出し、丹後の山中の寺に身を潜めたのだ。平八郎は死んだことになった。

こうして平八郎は、新たに素浪人流源九郎として生まれ変わった。この事実を知っているのは美穂藩江間家の藩主伊勢守、近習の高見尚吾ら数名だ。

だが、平八郎の死を妻の多岐はどんな思いで聞いたろうか。多岐のことを考えると、五体が引き裂かれるほどの苦痛にのたうちまわる。

生きていると名乗って出られたら、多岐はどんなに喜び、安堵するか。しかし、それは出来なかった。

この秘密が浜松藩水島家の耳に入るかもしれない。万が一、平八郎が生きていると知ったら、浜松藩水島家は美穂藩江間家を老中を使って叩きにくるだろう。

松沼平八郎を死んだことにするというのは、平八郎に関わる過去を一切断ち切るということなのだ。

さまざまな思いが頭の中で交錯し、目が冴えていたが、それでもいつしか眠りに落ちたようだった。

路地のひと声に、源九郎は目覚めた。天窓から明かりが射していた。

源九郎は起き上がって、土間に下りた。

戸を開けると、路地に納豆売りが来ていた。源九郎は厠（かわや）の帰りに納豆を買い求めた。

源九郎はたすき掛けをし、米を研ぐ。そして、飯を炊く。

松沼平八郎であったときは、炊事や洗濯など女中がし、ときには多岐も手を貸した。今は、なにもかも自分でしなければならない。

飯が炊き上がり、お櫃に移し、鍋でお付けを作り、お新香で朝餉をとる。

こういう毎日がひと月続いている。この先、自分にどんな暮らしが待っているかわからない。

だが、源九郎には播州美穂藩江間家の藩主伊勢守宗近の力になるという使命があった。

詳しいことはわからないが、江間家は公儀に目をつけられている。些細な落ち度でもあれば、そのことで江間家を取りつぶそうとしている勢力がいるらしい。

戸が開いた。

「流さん。もう食べ終わったの？」

留吉のかみさんだ。

「いや、まだだ」

「そう、これ作りすぎちゃったの。よかったら、食べて」

貝と野菜の和え物だ。

「これはありがたい」

源九郎は素直に喜んだ。

「じゃあ」

かみさんは引き上げた。

長屋に住みだして驚いたことは隣近所がまるで家族のように、そして対等に接してくれることだ。

武士の暮らしでは常に身分の上下を意識していた。女中や下男は平八郎を主人として崇め、出仕すれば上役に頭を下げなければならない。

そんな窮屈な仕来りはここには何もない。確かに、今までの生活からしたら不便だが、それ以上に気ままな暮らしを味わえた。

自分は思った以上にこのような暮らしが性に合っているのかもしれないと思った。

この長屋には六所帯が住んでいるが、皆気さくで裏表のない人びとだった。

五つ（午前八時）になって、大工の留吉が出かけて行く気配がした。

それから四半刻（三十分）後、源九郎は長屋を出た。

井戸端ではかみさんがふたり洗濯をしていた。

「流さん、お出かけ？」

通い番頭の福助のかみさんが顔を向けた。

「きょうは下谷のほうの口入れ屋に行ってみることにした」

「行ってらっしゃい」

皆気さくだ。飾り気などない。

長屋木戸を出て、武家地を通り、三味線堀(しゃみせんぼり)から御徒町(おかちまち)を抜けた。

すっかり秋の気配が漂っている。去年の六月に義父である小井戸伊十郎が殺害され、その二か月後には仇討ちの末に伊平太まで命を落とした。

ふたりの一周忌の法要にも参加することが叶わない。胸を掻きむしる思いだったが、多岐はさらに平八郎の法要も済まさなければならないのだ。

一年のうちに三人もの近しい者を失った多岐の胸中を考えたら……。

いけない。松沼平八郎は死んだのだと、改めて自分に言いきかせる。自分は義父の伊十郎や義弟の伊平太、そして多岐たちとの繋がりも断ち切ったのだ。流源九郎には無縁の人びとだと悲しみと共に遠くに追いやった。

湯島天神裏門坂通から男坂を上がる。参詣客は多い。

源九郎は拝殿のほうに向かうと、職人体(てい)の男が近づいてきた。五郎丸だ。

「どうぞ、こちらに」

すれ違いざまに言い、五郎丸は鳥居のほうに向かった。

鳥居を出て、五郎丸は右に曲がった。しばらく行くと、春木町(はるきちょう)だ。そこに『灘屋』という酒屋があった。

五郎丸は横の路地を入り、『灘屋』の塀沿いを裏に行く。裏口の戸の前で立ち止まり、源九郎に目配せをしてから戸を押した。

五郎丸に続いて、源九郎も庭に入った。

植込みの間を奥に進む。小さな庭に離れがあった。五郎丸は離れの庭先に立ち、

「お連れいたしました」

と、障子に向かって声をかけた。

すると、障子が開いて、武士が現れた。三十過ぎの整った顔だちは、まさに高見尚吾だった。

源九郎は思わず頭を下げた。

「さあ、上がって」

尚吾が勧める。

「失礼します」

源九郎は刀を腰から外し、右手に持ち替えて濡縁に上がった。

部屋の中で差し向かいになるや、

「平八郎……いや、源九郎どの、久しぶりでござる」

と、尚吾は声を詰まらせた。

「はい。二か月しか経っていませんが、もっと長い歳月が経っているような気がいたします」

最後に会ったのは、四月二十六日だ。江戸から国許に帰る伊勢守の一行は加古川宿の本陣に泊まった。

「苦労ゆえだ。そなたの胸中は察するに余りある。あまりにも酷いありさまに置かれているからな」

尚吾はいたわるように言う。

「いえ。高見さまが思われるほど、私は苦しんでおりません。完全に吹っ切れたと申せば嘘になりますが、私はもはや流源九郎でしかありません」

源九郎は自分自身に強く言いきかせるように言い、すぐ話題を変えるように、

「伊勢守さまにおかれましてはお変わりなく？」

と、きいた。

「お元気だ、いつもそなたのことをお話しなさっている。そなたに苦労かけると仰っておられた」

「もったいないお言葉」

源九郎は頭を下げ、

「尚三どのもお元気で」

と、きいた。

「そなたに会いたがっていた」

尚三は尚吾の弟だ。

「どうぞよろしくお伝えください」

「うむ」

「して、このたびの急な出府。何かございましたか」

源九郎はきいた。

「うむ」

尚吾は厳しい顔でしばらく押し黙っていたが、おもむろに口を開いた。

「先月、家中の鶴島新治郎が薬研堀にある『月乃家』という料理屋の女中お園と入谷の空き家で死んでいた。お園は喉を、鶴島は腹を切って」

「情死ですか」

源九郎は驚いてきいた。

「鶴島はお園に入れ揚げていたそうだ。こっそり、屋敷を抜け出て女に会いに行っていたという」

尚吾は続ける。

「六月のはじめ、鶴島新治郎が夕方に出かけたきり翌日になっても長屋に戻らなかった。朋輩が探し回って、空き家の異変を知ったというわけだ」

「なぜ、その空き家に行き着いたのでしょうか」

源九郎が疑問を口にする。

「近所の者が気づき、岡っ引きに知らせたようだ。奉行所から問い合わせがきた。そこで、朋輩が出向いて死者が鶴島だと確認した」

尚吾は息継ぎをし、

「留守居役の岩本勘十郎(いわもとかんじゅうろう)どのが奉行所に話をつけ、空き家で女中がひとりで自害をし、鶴島はその場にいなかったことにしてもらった」

大名の留守居は、家中の者が町中で事件に巻き込まれた場合にそなえ、日頃から奉行所に付け届けをしている。

「これが殺しで下手人が不明な場合は配慮はされなかったろうが、女ひとりの自害であれば、奉行所とて面倒も省けるからな」

尚吾は暗い表情で言う。

「女の自害の理由はなんとしたのですか」

「鶴島が藩の金を使い込んで切腹に処せられた。鶴島が死んだことに悲嘆し、あとを追ったということになった」

「そうですか」

源九郎は応じてから、

「なぜ、この件を私に？」

と、疑問を口にした。

「国許で、この報せをきいたとき、なにやら胸騒ぎがした」

「胸騒ぎですか」

「具体的にどこがどうのというものはない。しいていえば、情死だ。鶴島新治郎がそんな軟弱な男だったとは思えない」

尚吾は厳しい顔になって、

「それで、急遽(きゅうきょ)、出府してきたのだ」

「失礼ですが、それだけで江戸にやってこられたとは思えません。他に、何か根拠がおありでは？」

「我が領内に公儀の隠密らしき男が入り込んでいた」

「公儀の隠密？」

「最初は、松沼平八郎の焼死を疑い、探りを入れているのかとも思ったが、大辻村にあった藩主の別邸周辺に出没した形跡はない。他の理由だ」

「他の理由とおっしゃいますと」

「しかと言い切れぬ」

尚吾は想像だからと理由は口にせず、

「国許での隠密と、鶴島新治郎の件が絡んでいるという証はない。だが、気になってならない。そこで、ひそかに源九郎どのに調べてもらいたいのだ」

「わかりました。しかし」

源九郎は戸惑いながら、

「鶴島新治郎どののことなら上屋敷にふさわしいお方がいらっしゃるのでは？」

と、きいた。

「家中の者に鶴島新治郎の事件を調べていることを秘したい。なぜなら、上屋敷に公儀の間者が潜入していないとも限らぬからだ」

「…………」

源九郎は啞然とした。

「そなたが動くのは当家とは無関係だ。当家が調べていると思われてはならぬ。あくまでも女のほうの立場で調べてもらいたい」

「しかし、私は女のほうと縁もゆかりもありません」

「そこを何とか工夫してもらいたい」

尚吾が哀願するように言う。

「鶴島新治郎どのと親しい方を教えていただけませんか」

「いや。何の先入観も持たずに調べてもらいたい」

尚吾の頼みは無茶だった。

「じつは私も何が気になるのか具体的にわからないのだ。私の考えすぎで、ほんとうに情死だったのかもしれない。この件はあくまでも極秘だ」

尚吾は苦しげに言う。

「わかりました」

難しいと思いながらも、源九郎は請け合った。

「鶴島どののことを調べるにはどうしたらよろしいでしょうか」

「そこも独自で調べてもらいたい。そなたと当家の関係に疑問をもたれたくない。何がきっかけで、松沼平八郎が生きていることがわかってしまうかもしれぬでな」

尚吾の表情が翳(かげ)った。

「もし、そなたが生きていることがわかったら、当家が浜松藩水島家を欺いたことになり、美穂藩江間家は危機に瀕する。そのことには細心の注意を払ってもらいたい」

「わかっております」

「過酷な状況に追い込み、申し訳なく思っている」

尚吾は頭を下げた。

「どうぞ、お顔を」

源九郎はあわてて声をかけ、

「我が命があるのも、伊勢守さまのおかげ。この命、伊勢守さまに捧げる覚悟」

と、思いを口にする。

「殿も、そなたには感謝をしておられる」

尚吾は再び頭を下げた。

調べるには女のほうから進めるしかない。

「さっそくですが、お園についてわかっていることだけでも教えていただけますか」

源九郎はきいた。

「お園は日本橋久松町（ひさまつちょう）の佐太郎店（さたろうだな）という長屋に妹のお清（きよ）と住んでいた。この妹に近づくのがいいだろう」

「佐太郎店のお清ですね」

源九郎は復唱した。

「高見さまはいつまで江戸に？」

「ひと月はいる。それまでに解決出来たらと思っている」

「わかりました。今度、お会いするときもこの場所で？」

源九郎は確かめる。

「この酒屋は、当家とは関係ない。たまたま、私がここの主人を助けたことがあった。それからの付き合いだ。私が大名の家臣であることは知っているが、どこの藩かは知らない。次回も会うのはここでと思っているが、何かがわかるまでは会うことは避けたい。そなたの味方は五郎丸だけだ」

「承知しました」

「それから、動き回るための元手は五郎丸に届けさせるが、くれぐれも金のことから怪しまれぬように」

尚吾は念を押した。

「心得ております」

見えぬ敵との闘いがはじまるのだと、源九郎は悲壮な覚悟で応じた。

三

源九郎は湯島天満宮の門前町を経て、妻恋坂を下った。

妻恋という地名から多岐を思いだし、胸の底から悲しみが突き上げてきたが、あわてて歯を食いしばった。

高見尚吾には自分はもはや流源九郎になりきったと強気で口にしたが、何気ないときにふいに松沼平八郎に戻ってしまう。

源九郎は過去を振り切るように足早になった。筋違御門（すじかいごもん）を抜け、浜町堀（はまちょうぼり）に向かった。

日本橋久松町に着いた。両脇に小商いの店が並ぶ通りの途中に、佐太郎店の長屋木戸を見つけた。

が、そのまま行きすぎ、浜町堀まで行った。

荷を積んだ川船がゆっくり行き過ぎた。源九郎はお清に近づく手立てをかんがえた。

正面から訪ねても、信用されまい。

源九郎は踵（きびす）を返し、武家地を抜けて薬研堀に出た。

大川からの入り堀の行き止まりに、『月乃家』の看板が見えた。

大きな門構えの料理屋だ。素浪人がひとりで入っていくのは不自然だ。怪しまれて、岡っ引きに目をつけられても困る。

『月乃家』の前から離れ、源九郎はもう一度、久松町に向かった。

武家地を抜けて久松町に差しかかったとき、前方を三人の男が歩いて行くのが目に入った。後ろ姿だが、昨夜の三人だとわかった。四角い偏平な顔の男、痩身の頬に傷がある男、そして大柄な男だ。

どこぞに借金の取り立てに行くのかと行先を気にしていると、佐太郎店の長屋木戸を入って行ったのだ。

源九郎は木戸口に立ち、長屋の路地に目をやった。三人は奥の家に入って行った。

しばらくして、大声がここまで聞こえてきた。

驚いてとば口の家から年寄りが飛び出してきた。他にも顔を出した住人がいる。

源九郎は木戸を入り、年寄りに声をかけた。

「通りがかりの者だが、今の叫び声はなんだ？　つい今しがた、人相のよくない連中が長屋に入っていったが？」

「ええ、借金の取り立てです。容赦なくて」

「誰のところだ？」

「左官屋の元吉(もときち)のところです。足を怪我して仕事が出来ずにやむなく金貸しの平蔵(へいぞう)から金を借りて。返せなければ、かみさんを岡場所に売り飛ばすと脅して」

年寄りは憤慨して言う。

「よし。俺に任せろ」

源九郎は元吉の家の前に立った。戸は開いていて、土間に三人が立って、脅し文句を並べていた。

「期限に返せなきゃ、おかみさんを連れて行くことになっているんだ」

「あと少し、お待ちを」

弱々しい男の声がする。

「ならねえ」

四角い偏平な顔の男が怒鳴る。

「待ってやったらどうだ」

戸口から、源九郎が声をかけた。

三人が一斉に振り返った。

「なんだ、てめえは。引っ込んでいやがれ」

大柄な男が怒鳴る。

「俺を見忘れたか」

「なんだと。あっ」

大柄な男は叫んだ。

「思いだしたか」

「きさま」

他のふたりも出てきた。

源九郎は戸口を離れた。三人は土間から出てきた。

「どうしてこんなところにいるのだ?」

大柄な男がきく。

「関係ないお方は引っ込んでいてもらいましょう。よけいな口出しはよしてくださいな」

頬に傷がある男が言う。

「俺はここの元吉の知り合いだ。借金取りに苦しめられていると聞いて様子を見に来たら、ちょうどおまえさんたちといっしょになったのだ」

「…………」

「ともかく、きょうのところは引き上げるんだ」

源九郎は鋭く言う。

「冗談言うな。子どもの使いで来ているんじゃねえんだ」

「あとで、俺が金貸しの平蔵のところに話をつけに行く。さあ、引き上げろ」

三人はぐずぐずしていたが、

「覚えていろ」

と、捨て台詞（ぜりふ）を残して木戸に向かった。

「お侍さま。ありがとうございました」

元吉の家から二十五、六の女が出てきた。色白の鼻筋の通った顔だちだ。

「おかみさん、いくら借りたんだね」

源九郎はきいた。

「二両ですが、利子がついて十両に」

「十両だと」

源九郎は呆れた。

「ちょっと元吉さんと話がしたい」

「どうぞ」

おかみさんは中に招じた。

「お侍さま。ありがとうございました」

元吉はふとんの上に半身を起こしていた。二十八歳ぐらいの細身の男だ。

「具合はどうなんだ？」

源九郎は上がり框に腰を下ろした。

「はい。あと半月もすれば歩けるようになるそうです」

元吉は足をさすりながら、

「あっしが怪我をしたばかりに」

と、悔しそうに言う。

「なぜ、怪我をしたのだ？　梯子から足を踏み外したのか」

「いえ、誰かが梯子を倒したんです。あっしが乗っているのを知っていて」

元吉は憤然と言う。

「誰も見ていなかったのか」

「はい。ですから、あっしが自分で誤って落ちたことに」

元吉は口惜しそうに言う。

「そうか」

「仕事が出来るようになれば少しずつでも借金を返していけるのですが」

「しかし、二両が十両になるなんて酷い話だ」

「はい。三度、返済期限を延ばして。それでも返せなければ……」

元吉は声を詰まらせた。

「岡場所に売り飛ばすと？」

「はい」

「いつの間にか証文がそうなっていて」

元吉は拳を握りしめた。

「こんな怪我さえしなきゃ……。なんで、こんなに目に遭わなきゃならないんだと、お天道様を恨みたくなります」

「なあに、その怪我もあとしばらくすれば治るんだ。これから運が向いてくる」

源九郎はなぐさめた。

「でも、借金がのしかかっています」

元吉は暗い顔をし、

「あっしは二年前に高砂町（たかさごちょう）に住む左官屋の親方のところから独立し、お新（しん）といっしょになりました。ずっと順調に来たのですが、今年はついていません」

「仕事が出来るようになれば借金を返せるんだ。そんな気落ちすることはない」

「ですが期限が……」

元吉は不安そうな顔をした。

「心配いたすな。拙者が金貸しの平蔵に話をつけてくる」

「そんなこと出来ますでしょうか」

元吉は疑い深く言う。

「心配するな。向こうも阿漕な商売をしているという弱みがある」

そう言い、

「取り立て屋に、元吉さんの知り合いだと言った手前、元吉さんにも話を合わせてもらいたい」

「へえ。それはもう」

「私は流源九郎と言う」

「流源九郎さま……」

元吉は復唱した。

「住いは元鳥越町の万年長屋だ。ところで、金貸しの平蔵の住いはどこだ？」

「米沢町です」

「わかった。これから行ってみる」

源九郎は立ち上がった。

「もう来ないと思うが、取り立て屋がまたきたら、流源九郎に任せてあるからと言い、突っぱねるんだ」

「流さま。ありがとうございます」

お新が頭を下げた。

源九郎は土間を出た。お新も見送りにきた。

そのとき、木戸から風呂敷包を胸に抱えて、若い女が入ってきた。

「お清ちゃん。お帰り」

お新が声をかけた。

「どうだったの？」

「だめでした」

お清はか細い声で答えた。

「そう」

お新が言う。

お清は源九郎にちらっと目をやった。暗く沈んだ目だ。

「お清ちゃん、こちら流源九郎さま」

「流源九郎と申す」

「清です。では」

お清は会釈をして、隣の家に入って行った。

源九郎もお新に見送られて長屋を出た。


米沢町で、金貸しの平蔵の家を探した。通りがかりの者にきいて、すぐわかった。

二階建て長屋の中程に、銭の絵が描かれた木札が軒下に下がっていた。

源九郎は戸を開ける。正面の帳場格子に四十歳ぐらいの達磨（だるま）のような丸い体つきの男が座っていた。

源九郎が近づいていくのを丸い目で見ている。

「ご主人の平蔵さんか」

源九郎はきいた。

「いえ、番頭の欣三（きんぞう）です」

「番頭?」

風格があるのでてっきり平蔵かと思ったのだ。

「平蔵さんを呼んでもらいたい」

「用件は私が」

欣三は平然という。

「日本橋久松町の佐太郎店に住む左官屋の元吉の借金の件で相談がある」

「ひょっとして、借金の取り立てを邪魔したという浪人はあなたさまですね？」

「邪魔したとは人聞きが悪い。阿漕な取り立てをやめさせただけだ」

源九郎は言い返す。

「私どもはまっとうな商売を致しております」

「なら、二両借りて、どうして返す額が十両になるのだ？」

「返済期限を三度も延ばしています。その都度、利子が高くなります」

「法度(はっと)ではないのか」

「いえ、相手も納得済みですから」

「そうか。ところで、取り立て屋の三人組から俺の話をきいたな」

「はい」

「なら、話が早い。まず、返済期限を延ばしてもらいたい。あと半月もすれば、元吉は働けるようになるそうだ。そしたら、少しずつ返済が出来る。ただし、利子は減らしてもらおう」

源九郎が言うと、欣三は含み笑いをし、

「ご無茶を」

「無茶ではない、金は返すと言っているのだ。それから、十両はない。利子は一両でも多いぐらいだが、一両で手を打とう」

「………」

「そういうことで返す額は三両。よいか」

「お侍さん。脅しですか。それなら、親分さんをお呼びしますがいいんですかえ」

欣三は笑みを引っ込めた。

「そうか、呼んでもらおうか。元吉をわざと梯子から突き落とした男がいる。そのことも含め、調べ直してもらおう」

「梯子から落ちたのは自分が悪いからでしょう」

「いや、どうやら元吉のかみさんに狙いをつけ、怪我をさせて金を借りるように仕向け、かみさんを女郎として……」

「お待ちくださいな」

欣三が手を上げて遮った。

「そんな証はどこにあるのですか。根も葉もないことを仰られても困ります」

「なら、ここから金を借りている客をすべて当たってみよう。元吉と同じように、何者かに怪我をさせられて」

欣三が手を叩いた。

すると、奥から胸板の分厚い浪人が出てきた。三十過ぎだ。

「旦那。どうやら、ゆすり、たかりのようです。おとなしくさせていただけますか」

欣三が浪人に言う。

「わかった」

浪人は源九郎の前に立ち、

「外に出てもらおう」

と、低い声で言う。

「いいだろう」

源九郎は素直に応じ、欣三に向かい、

「すぐ戻る。続きはそれからだ」

と言い、戸口に向かった。

浪人は奥に向かい、広い場所に出た。塀の向こうは大店の土蔵がそびえている。

「金貸しの平蔵の用心棒か」

源九郎はきく。

「そうだ。手当てをもらっている手前、恨みはないがおまえさんを黙らせなければならない」

浪人は刀の柄（つか）に手をかけた。

「やめとけ。怪我をするだけだ」

源九郎は軽くいなすように言う。

抜き打ちざまに源九郎の胴に斬りつけた。後ろに跳んで剣先を避ける。相手は返す刀で袈裟懸けにきた。源九郎は抜刀し、相手の剣を払う。

「おのれ」

今度は上段から斬り込んできた。源九郎は身を翻して避けた。なおも、相手は襲いかかる。源九郎は相手の剣を何度も弾く。やがて、相手の息が上がってきた。

「もう退け」

源九郎は強く言う。

「まだだ」

肩で息をしながら、浪人は剣を正眼に構えた。

「仕方ない。二度と刀を使えないように利き腕の筋を斬る」

源九郎は八双に構えた。

「お待ちを」

四十半ばと思える細面で目尻のつり上がった男が出てきた。鼻が細くて高い。

「もうそれ以上はいいでしょう」

「誰だ、あんたは？」

「私は金貸しの平蔵です。あなたさまのことは番頭から聞きました。どうぞ、店にお戻りください」

「いいだろう」

源九郎は刀を鞘に納めた。

浪人は茫然と立っていた。

四

源九郎は久松町の佐太郎店に行った。すでに、陽は傾いて、屋根の上から夕陽が射していた。

元吉の住いに行くと、ちょうどお新が出てきた。

「流さま」

「出かけるのか」

「夕餉の支度で。でも、構いません。どうぞ」

お新は入るように言う。

「すぐ終わる」

源九郎は土間に入った。

元吉は足を投げ出し半身を起こしていた。

「流さま」

「金貸しの平蔵と話をつけてきた」

源九郎は懐から新たな証文を出した。

「返済は三両ということになった」

「三両？　十両というのは？」

「無茶だと言ったら、わかってくれた」

「ほんとうですか」

元吉とお新は信じられないような顔をした。

「その証文どおりだ」

ふたりは証文に目を落とした。

「信じられません」

元吉が声を上擦らせた。

「流さま。ひょっとして、流さまが何かをかぶって……」

お新がきいた。

「気にすることはない」

「流さま。まさか、流さまが肩代わりを」

「いや、そんな金はない。ただ、平蔵の手伝いをする約束をしただけだ」

「手伝い？」

「用心棒として三日間付き添うだけだ」

「まあ」

お新が目を見開き、

「それではただ働きを？」

「気にするな」

そう言ってから、

「それより昼間、お清という娘と会ったが、ずいぶん沈んだ顔をしていた。何かあったのか」

源九郎はいよいよ本来の狙いに入った。

「へえ、じつは先月、お清さんの姉が亡くなったんです」

元吉が声を潜めて言った。

「そうか。あの娘の姉ならまだ若かったろうに。病気か」

「いえ」

元吉は首を横に振った。

「では、事故にでも？」

源九郎はなおもきく。

元吉はお新と顔を見合せた。

「どうした？」

「へえ、情死でした」

源九郎はさりげなくきく。

「情死？」

「ええ。お侍さんといっしょに入谷の空き家で倒れていたそうです。お侍さんが姉を殺し、そのあとで腹を掻き切ったということです」

お新が口にする。

「侍が仕掛けた無理心中か」

源九郎はあえて言う。

「奉行所では、そう見ています。でも、お清さん、信じていないんです」

「信じていない？」

「はい。姉はお園さんと言い、料理屋さんで働いていたんです。美人で、とても明るいひとで」

お新は目尻にうっすら涙を浮かべ、

「お清さんは、姉が男のひとといっしょに死ぬなんて考えられないと言っていました。それから、こんなことも」

と、さらに続けた。

「最近、誰かに付け狙われているような気がすると、お園さんは言っていたそうです」

「付け狙われている？」

源九郎は眉根を寄せ、

「そんな中で、不審な死に方をすれば、情死を疑うのは無理ないな」

と、呟くように言う。

「料理屋のお侍は、お園とは？」

「で、お清はこのことで何かをしようとしているのか。そういえば、さっき会ったとき、だめでしたとか言っていたが」

源九郎は核心に触れる。

「お清さんは、上屋敷に今日も行ったんです」

「上屋敷に？」

源九郎は思わず厳しい表情になり、

「どういうことだ？」

と、きいた。

「相手のお侍さんは美穂藩江間家の家来だそうです。でも、姉はそのお侍とはそんなに深い仲ではないと。それで、お清さんはそのお侍さんの友達に会おうとしてお屋敷に。でも、いつも追い返されるそうです」

情死ではなかったことにしたいのだから、上屋敷のほうではお清の動きは迷惑以外の何物でもない。

「お清は、姉は情死に見せかけて殺されたと思っているのか」

源九郎は確かめるようにきく。

「そうです」

「お清に味方は？」

「誰もいません」

元吉が後ろめたそうに、

「怪我さえしてなければ、あっしもお清さんといっしょに動き回るのですが」

と、自嘲した。

「そうか。お清はたったひとりで闘っているのか」

源九郎はわざと厳しい顔をした。

元吉とお新がまた顔を見合せた。

そして、元吉が顔を向けた。

「流さま」

「うむ？」

「どうか、お清さんの力になっていただけませんか」

「力に？」

「はい。姉の死の真相を調べることに手を貸していただけないでしょうか」

願ってもないことを、元吉は言いだした。

しかし、すぐ請け合っては、後々どのようなことで疑惑を招くかわからない。

「お金のことなら、あっしがなんとかします」

「俺を雇うというのか」

「はい。流さまが金貸しの平蔵の返済を少なくしてくださいました。その分、あっしが働いて」

「なぜ、そなたはそこまで考えるのだ?」

「お清さんが不憫でならないのです。あっしら夫婦にとっても、あの姉妹は妹のような存在でしたから」

「他の長屋の住人はどう思っているのだ?」

「そりゃ、この長屋の連中は家族のようなものです。お清さんに同情しています」

「ならば、その者たちからも金を出してもらえ」

「…………」

「俺だって長屋の皆に望まれたなら、どんなに困難でも立ち向かっていこう」

「ほんとうですか」

「本気だ」

源九郎は言い切った。

「わかりました。皆と話し合います。で、いかほどで？」

「まず、皆が俺に託するかだ。金はその後の俺の働きぶりをみて決めてもらう」

「はい」

「明日の昼ごろここにくる。それまでに決めておいてくれ。それから、金貸しの平蔵の件は俺が勝手に関わったことだから金のことは考えなくていい」

そう言い、源九郎は立ち上がった。

外はすっかり暗くなっていた。

元鳥越町に帰り、『呑兵衛』に寄り、空いている場所に落ち着いた。


翌朝、源九郎は米沢町の金貸しの平蔵の家に赴いた。

土間に入ると、帳場格子にいた番頭が軽く会釈をして近くにいた小僧に声をかけた。

小僧はすぐ奥に向かった。

やがて、細面で目尻のつり上がった平蔵が羽織姿で現れた。その後ろから、例の取り立て屋の三人も出てきた。ばつが悪そうに、源九郎に会釈をした。

「よく参られましたな」

平蔵がにこやかに言う。

「約束したのだ。当たり前だ」

源九郎が返し、

「この三人も行くなら、俺は必要なかろう」

と、確かめた。

「いえ。相手はなかなかのお方でして。では、行きましょうか」

平蔵は店を出た。

両国広小路を突っ切り、両国橋を渡る。川風がひんやりしている。荷を積んだ船が神田川に入って行く。

「まず、どこに？」

橋の途中で、源九郎はきいた。

「南割下水(みなみわりげすい)の御家人、出島左馬之助(でじまさまのすけ)さまのところです。期限がとうに過ぎています。一度、この三人に取り立てに行ってもらいましたが、追い返されて。直々に私がとりに来いと」

平蔵は顔をしかめた。

「いくらだ？」

「十両です」

「また、十両か」

「今度はほんとうに十両です」

「そうか」

橋は往来する者が多い。

橋を渡り、回向院の脇を通り、亀沢町を過ぎて武家地に入り、最初の角を左に折れ、南割下水に向かう。

途中にある屋敷の冠木門の前で、平蔵は立ち止まった。

「ここです」

平蔵は門を入って行く。源九郎と三人の取り立て屋も従う。

玄関に向かう。雑草が茂り、庭はあまり手入れはされていないようだ。

「ごめんください。お頼み申し上げます」

平蔵は声をかける。

しばらく待たされたが、白髪の目立つ侍が現れた。

「出島左馬之助さまはいらっしゃいますか」

「どなたですか」

「米沢町の平蔵です。金貸しの平蔵と伝えてくだされればおわかりに」

「出かけている」

「そんなはずはありません。今日はお約束の日にございます」

「いないといったら、いない」

白髪の目立つ侍が居丈高に言う。

「では、お約束どおり、借金の形に甲冑を。上がらせていただきます」

平蔵が式台に上がろうとしたとき、

「無礼であろう」

と声がして、大柄な武士が現れた。

「これは、出島さま。やはり、いらっしゃいましたね」

平蔵は落ち着いた声で言い、

「では、さっそくご返却を願いましょうか」

と、切り出した。

「返す金はない」

「さようで。返せないときは甲冑を差し押さえると、この証文にも書いてあります」

平蔵は懐から証文を取り出した。

「では、甲冑をいただいていきます」

「持っていけるものなら持っていけ。ただし、部屋に上がることは許さぬ」

その声を合図に、奥から腰に刀を差した三人のいかつい顔の侍が出てきた。

「では、ここに持ってきていただけますか」

「無理だ」

「そうやって借金を踏み倒そうとなさるのですね。仕方ありません。上がらせてもらいます」

平蔵が言うと、三人の侍が式台に下りた。

「流さま」

源九郎は玄関に入った。

「お願い出来ますか」

「わかった。すぐ終わるから、外に出ていてくれ」

源九郎は平蔵たちを外に出し、

「雇い主の命令に従わなければならぬ。そこをどいてもらおう」

「引っ込んでいろ」

真ん中にいた侍が抜き打ちざまに上段から斬り込んできた。源九郎も素早く抜刀し、頭上に迫った剣を払い、すかさず峰に返して相手の胴を強く打った。別の侍が斬り込んできた剣をかわし、相手の肩を峰で打ち、もうひとりの侍の喉元に切っ先を突き付けた。

「降参か」

源九郎が剣を引くと、侍は裂帛（れっぱく）の気合とともに打ち込んできた。源九郎は待っていたように相手の脾腹（ひばら）を打った。

三人は式台から土間に落ちて呻（うめ）いていた。

出島左馬之助が刀の柄に手をかけた。

「やりますか」

源九郎は向き直る。

出島は後退った。

「片づきましたか」

平蔵が入ってきた。

「出島さま、上がらせてもらいます」

「待て」

出島はあわてて、

「金は返す」

と、口にした。

すると、白髪の目立つ侍が奥に引っ込み、懐紙に包んだものを手にして戻ってきた。

出島はそれを受け取ると、

「金だ」

と、平蔵に差し出した。

平蔵は改め、

「確かに」

と言い、証文を出島に渡した。

「出島さま。甲冑があれば、これからもいつでもご用立てさせていただきます」

平蔵は不遜な態度で言い、

「さあ、引き上げましょう」

と、踵を返した。

「流さま、お礼を申し上げます。踏み倒される覚悟をしていましたが、無事に回収出来ました。今までの用心棒では用がなせなかったでしょう」

「仕返しはだいじょうぶか」

源九郎は気にした。

「私には何もしないと思います。それより、流さまのほうが」

「俺に逆恨みをするか」

「はい」

「面倒なことだ」

源九郎は苦笑した。

両国橋を渡って、

「これで、俺の役目は終わりだな」

と、きく。

「また何かあったときにはお願い出来ますか」

平蔵は立ち止まってきく。

「堅気の衆に迷惑をかけないことであればな」

源九郎は平蔵と別れ、日本橋久松町に向かった。

五

元吉の家に行くと、とば口の家に住んでいる年寄りが部屋にいた。

「お侍さん、どうも」

年寄りは頭を下げ、

「お清ちゃんの力になってくれるそうですね」

と、きいた。

「そのつもりだが」

源九郎は慎重に言う。

お清の姉のことに自ら積極的に関わったと思われてはならないのだ。

「流さま。長屋の者が全員一致して流さまにお願いしようということになりました。ただ、それほど多くは出せませんが」

元吉が言う。

「わかった。いいだろう」

「引き受けてくださいますか」

「うむ。引き受ける」

「ありがとうございます」

元吉といっしょにお新も頭を下げた。

「お侍さん、いいえ、流さん。あっしが一番に賛成したんだ。あっしの顔をつぶさないように頼みますぜ」

年寄りは哀願するように言う。

「わかった。とっつあん、名前は？」

「六助だ」

「六助さんの期待に応えてみせる」

「それで、いかほどをご用意したら？」

元吉が遠慮がちにきいた。

「俺の働きぶりを見てから決めてもらおう。お清が満足する結果を出せなかったら、金などもらえぬ」

「流さん、気に入った」

六助が手を打った。

「ところで、肝心のお清に話は通じているのか」

「はい、流さまの話をしたら、ぜひにと……」

「そうか。では、さっそくお清に会ってみたい」

源九郎は促す。

「わかりました。すぐ、呼んできます」

「いや、俺が隣に行く。ふたりきりのほうがいろいろ話しやすいはずだ」

「わかりました。じゃあ、最初だけごいっしょに」

お新が下駄を履いた。

お新と共にお清の家に入った。

「お清さん。流さまが」

お新が声をかけると、お清は上がり框まで出てきて、

「流さま、ありがとうございます」

と、頭を下げた。

「事情はきいた。力になろう」

源九郎は言う。

「どうぞ、お上がりください」

「いや、ここで結構」

源九郎は上がり框に腰を下ろした。部屋の隅に、小さな仏壇があり、位牌が見えた。

「じゃあ、私は」

「お新さん、ありがとう」

お清は声をかける。

お新が出て行ったあと、源九郎は、

「さっそくだが、話を聞かせてもらいたい」

と、頼んだ。

「はい」

お清は腰を下ろした。細面で目鼻だちがととのっているが、目の辺りに憂いが漂っていた。

「姉は薬研堀の『月乃家』という料理屋で女中をしていました。姉は美人なのでお客さまには人気がありました。お侍さんも何人かいたそうです」

お清は語りだした。

「姉はあまり仕事先でのことは話をしないのですが、お客さまの中にはしつこく言い寄ってくるひともいたようです。でも、姉はうまくあしらって、問題も起こさず、順調に仕事をしていました。そんな中で、姉を贔屓（ひいき）にしている三人連れのお侍さまがいました。そのうちのひとりが姉といっしょに死んでいた鶴島新治郎さまです」

「播州美穂藩江間家の家来だな」

源九郎は口をはさむ。

「そうです。鶴島さまは姉のことを気に入ってくださっていたようです。でも、ふたりが好き合っていたというのではありません」

「鶴島が一方的に？」

「いえ、そんな話もしていませんでした。それに」

お清は息継ぎをし、

「姉には他に好きなお方がいたようです」

「誰だ？」

「わかりません。姉にきいても教えてくれませんでした。でも、口振りから鶴島さまではないように思えました」

「お園には好きな男がいたのか」

源九郎は呟くように言う。

「はい。ですから、鶴島さまといっしょに死ぬはずはありません。このことをお役人に話しましたが、聞き入れてもらえませんでした。姉が他に好きなひとがいたことを誰も知らないからです」

「お園はいつその男と会っていたのか」

「昼間です。ときたま、姉は朝早くから出かけることがありましたから」

「なるほど。男と会う日は、朝から出かけ、夕方になって『月乃家』に出るのだな」

「はい」

「いつも鶴島新治郎は三人連れで『月乃家』に行っていたのか」

「はい。いつも姉が接客していたようです」

「他のふたりの名前は聞いてないか」

「はい、聞いていません」

「そのふたりのうちのひとりということも考えられるな。『月乃家』で聞くしかないか」

源九郎は呟き、

「お園は誰かに付け狙われているような気がすると言っていたそうだが？」

と、きいた。

「はい。姉はいつも薬研堀の『月乃家』から武家地を抜けて五つ半（午後九時）過ぎに帰ってきます。あるとき、姉は駆け込んできたのです。どうしたのときいたら、誰かにつけられていたと。ときたま、ひとの目を感じると言ってました」

　鶴島が一方的にお園に夢中になったが、お園は自分になびかない。それで、無理心中を図ったという筋書きは考えられるが、大きな疑問が残る。

　ふたりの住いとは逆の方角の入谷の空き家で死んでいたのだ。ふたりが好き合っていたのではなければ、お園がわざわざ鶴島といっしょに入谷まで行くとは思えない。

「入谷で死んでいたということだが、お園は入谷と何か関わりがあるか」

「ありません」

　お清は首を横に振り、

「岡っ引きの彦三親分が言うには、姉は無理やり入谷の空き家に連れ込まれたのではなく、自分から向かったと。だから、鶴島さまと示し合わせていたのだと。ですが、姉には他に好きなひとがいたのです。鶴島さまと死ぬはずありません」

「なぜ、自分から向かったと？」

「姉らしきひとを見かけたひとが何人かいたのです。彦三親分の調べで、いなくなった日、六月八日の七つ（午後四時）ごろ、下谷坂本町一丁目の木戸番屋の番人が姉を見かけ、二丁目にある酒屋の小僧さんが配達の帰りに鬼子母神の前で姉を見かけていたそうです」

「はい。特徴は一致していました。彦三親分は、姉は鬼子母神で鶴島新治郎と落ち合い、それからどこぞで過ごし、夜になって空き家に忍び込んで死んだと」

「それが奉行所の見立てということだな。特徴が似ていたとしても、お園だと言い切れまい」

源九郎は疑問を口にした。

「姉でした」

お清は言い切った。

「どうして、そう思うのだ？」

「姉を見かけたというひとに、私は会いに行ったんです。木戸番屋の番人と酒屋の小僧さんの話を聞き、姉に間違いないと思いました」

「その日、お園はお店にはなんと？」

「姉はお店を休むと前日に女将さんに伝えていたそうです」

「なるほど。お園は自分の意志で入谷に行ったのは間違いないようだな」

源九郎は唸った。

「でも、鶴島さまに会いに行ったのではないと思います」

「別の事情があったのだな」

「そうだと思います」

お清は暗い表情で頷いた。

「おおよそのことはわかった。そなたの言うとおり、これは単純な情死ではないな」

「流さまもそう思いますか」

「思う」

源九郎ははっきり言い、

「必ず真相を突き止め、お園の仇を討ってやる」

本来の狙いは鶴島新治郎の死の真相を探ることにあるという後ろめたさを隠して、源九郎は約束した。


陽が傾いてきた頃、源九郎とお清は下谷坂本町一丁目に着いた。

木戸番屋の前に立つ。箒(ほうき)やたわし、草鞋(わらじ)などが店先に並んでいる。

お清が声をかけた。

「ごめんください」

店番をしていた三十過ぎと思える男が出てきた。

「おや、おまえさんは、お姉さんのことで……」

番太郎と思える男はお清を覚えていた。

「はい。その節はありがとうございました。じつは、またそのことでお話をお伺いしたいのですが」

「それはいいが」

番太郎は源九郎を気にした。

「こちら、私の知り合いで、流源九郎さまと仰います。姉のことで、お力を貸していただくことになりました」

「流源九郎と申す」

源九郎は挨拶した。

「へえ」

番太郎は軽く会釈をした。

「さっそくだが、そなたが見かけたという女子(おなご)について教えてもらいたい」

「へい。ですが、もう話をすることはないですが」

番太郎は困惑したように言う。

「同じ話でもかまわぬ。拙者ははじめてなのでな」

源九郎は言い、

「その女子をいつどこで見かけたのか」

と、きいた。

「へえ。先月八日の七つごろです。あっしが店番をしていたら、若い奇麗な女が小走りでやってきたんです。垢抜けて、色っぽいのでつい見とれて。それだけです」

番太郎は答える。

「小走りだったのか」

「ええ、小走りでした」

「荷物は？」

「持っていませんでしたね」

「歩きながら辺りを見回していたとか？」

「いえ、目はまっすぐ前を向いていました」

番太郎は答えてから、

「この程度しかわかりません」

と、口にした。

「いや、いい。で、見かけたのはその女だけか」

「えっ？」

番太郎は不思議そうな顔できいた。

「たとえば、その女のあとから誰かがやってこなかったか」

「そういえば、あとから行商人の男が……」

「どうして、その男のことを覚えているのだ？」

「女のあとをつけているように思えたんです。おそらく、女の器量に惹かれて気になったのだろうと思いました」

「あとをつけていると思ったのだな？」

「別に根拠があるわけではなくて。勝手にそう思っただけです」

「その男ははじめてみる顔だったか」

「見かけない顔でした」

「他にひとは？」

「ええ、何人も行き来してましたが、ほとんどは見かけたことのある顔でした。町内に住むか、仕事先があるか」

「つまり、見かけない女と男を続けて見たというわけだな」

「そうですね」

「行商人の男が引き上げたのを見たか」

「いえ。あっしもずっと外を見ていたわけじゃありませんし、別の道を帰ったかもしれませんので、見ていません」

「そうだな。で、どんな感じの男だった?」

「三十半ばぐらいで、痩せて背が高かったようです」

「顔を覚えていないか」

源九郎はきいた。

「はっきりと見たわけではありませんが、顎がしゃくれていたのは覚えています」

「顎がしゃくれていた?　長い顔だったか」

「そういえば、馬面だったかもしれません」

「じゃあ、今度会ったらわかるな」

「わかると思いますが、自信はありません」

「で、その行商人のことは岡っ引きに話してはいないのだな」

「ええ、きかれなかったし、あっしも関係ないと思っていましたから」

番太郎は弁明するように言い、

「その男が何かしたんですか」

と、逆にきいた。

「いや、まだわからぬ」

源九郎は首を横に振り、

「何かききたいことは？」

と、お清を見た。

「いえ」

「わかった。いろいろすまなかった」

源九郎は礼を言い、木戸番屋から離れた。

さらに、坂本町二丁目にある酒屋に行った。

前掛けをした小僧が店にいた。

「小僧さん」

お清は声をかけた。

「いつぞやの」

小僧が出てきた。

「また、話を聞かせて欲しいの」

お清が頼む。

「へい」

「こちらは私の知り合いの流源九郎さま。流さまがききたいことがあるの」

「なんでしょう」

小僧は源九郎に顔を向けた。

「きれいな女のひとを見かけたのはどこでだ？」

「はい。お酒を配達した帰りに鬼子母神さまの近くでお見かけしました。きれいなひとだったので少し見とれていました。でも、配達帰りだったのでそのまま先を急いでしまいましたが」

小僧はてきぱきした口調で答えた。

「女のひとは急いでいたか」

「ええ、小走りに」

「鬼子母神より先に歩いて行ったか」

「いえ、途中で振り返ったら、姿は見えませんでした」

「鬼子母神に入ったと思ったか」

「ええ、まあ」

小僧は微妙な表情をした。

源九郎はおやと思った。ふっとあることに気づいた。

「おまえさんはすべて話してくれたのか」

小僧は微かに目を泳がせた。

「そうです」

「引き返さなかったのか」

「えっ?」

「途中で振り返ったら、女のひとの姿が見えなくなっていたと言ったな。そのとき、鬼子母神に入ったのかと思わなかったか」

「ええ。そう思いました」

「確かめに行ったのでないか」

「………」

「引き返さなかったのかときいているのだ」

源九郎は確信をもってきいた。

「別に、そなたを咎めているのではない。正直に答えてもらいたいのだ」

「へい」

小僧は俯いた。

「引き返したのだな？」

「はい。気になって……」

小僧は不安そうに言う。

「うむ、それで？」

「はい。鬼子母神の境内を見たのですが、姿は見当たりませんでした」

「境内に入ってみたのか」

「はい」

「どうして、見当たらないと思ったのだ？」

「鬼子母神さまを過ぎてもっと先に行ってしまったのかと」

「このことは、岡っ引きには言ったのか」

「いえ、鬼子母神の近くで見かけたことだけです。あとはきかれなかったので……」

小僧は小さくなって言う。

「わかった。気にしなくていい」

源九郎はなぐさめ、

「それから、女のあとに行商人の男がいたのに気づかなかったか」

と、きいた。

「そういえば。風呂敷の荷を背負った男のひとが前からやってきました。でも、すれ違う前に、引き返していたので」

「そうか。わかった」

小僧と別れ、

「とりあえず、鬼子母神のほうに行ってみよう」

源九郎は歩きだす。

「さすが、流さまです」

お清が口にした。

「何がだ?」

「木戸番屋の番人も小僧さんも、新しいことを話してくれました」

「うむ。彦三親分は鬼子母神ならお園が迷わずいけたはずだと思ったのだろう。だが、実際はもっと先に向かったようだ」

ふたりは鬼子母神の前に差しかかった。

しばらく行くと、入谷田圃(たんぼ)に出た。その近くに、問題の空き家があった。

「ここで死んでいたのか」

源九郎は空き家の前に立った。

「はい」

お清は涙ぐんだ。

お園はまっすぐこの空き家にやってきたとは思えない。目的の場所は別にあったはずだと、辺りを見回す。

武家屋敷や商家の寮などが見える。

お園がわざわざここまでやってきたのは好きな男と会うためではないか。その好きな男はこの付近に住んでいるのだ。

「お園がつきあっていた男を捜してみよう」

源九郎は空き家を見つめながら言った。

「だが、今日はそろそろ引き上げよう」

すでに、入谷田圃に夕陽が沈もうとしていた。

第二章　もうひとりの男

一

お清と別れ、源九郎が元鳥越町に帰ってきたのは六つ半（午後七時）過ぎ。『呑兵衛』の暖簾をくぐると、店は盛況だった。空いている場所はなかった。

「すみません」

お玉が謝った。

「なあに、客が大入りなのは結構なことだ」

源九郎は引き返そうとしたとき、

「流さん」

と、小上がりの奥から声をかけられた。

近くに住む鋳掛け屋の松蔵だ。四十半ばの小柄な男だ。

「あっしはもう帰るのでここをどうぞ」

「いや、松蔵さんはいつも仕舞いまでいるではないか。俺のために早く帰る必要はない」

「流さん、ここ詰めれば座れますぜ」

縁台のほうから声がかかった。

しかし、縁台にも大勢が体をくっつけ合っている。

「いや、それ以上は窮屈だ。また、あとで出直す」

「すみません」

お玉がまた謝った。

源九郎は『呑兵衛』を出た。

鳥越神社の脇の道を入った。ふと殺気がした。横の木陰の暗がりから侍が抜き身をかざして突進してきた。

源九郎は身を翻して刃を避ける。相手は続けざまに斬りかかってきた。源九郎は抜刀して、何度も襲いかかる刃を弾く。

「何者か」

源九郎は問い質した。

相手は手拭いで頰かぶりをしていた。

「そなた……」

源九郎は気がついた。

「金貸しの平蔵の用心棒だな」

相手は下がった。

「拙者に何の恨みがあるのだ？」

「おぬしのおかげで俺の立場がなくなった」

相手は正眼に構えたまま荒い息で言う。

「金貸しの平蔵の用心棒をやめさせられたのか」

「まだだ」

「なら、なんの恨みだ？」

「明日、剣術道場に金の取り立てにいくのに、付き添いをあんたに頼むそうだ。俺より、あんたのほうに。平蔵はあんたを用心棒として雇うつもりだ」

「俺は平蔵の用心棒になる気はない。それに、用心棒の口なら他にもあるだろう」

「平蔵のところは手当がいい」

「そうか。心配するな。拙者はおまえさんの仕事を横取りするつもりはない」

源九郎は諭すように言う。

「ほんとうか」

相手はやっと刀を引いた。

「嘘は言わぬ。拙者は他から雇われたばかりだ」

「しかし、剣術道場の取り立てはあんたに頼むと言っている」

「どうしてだ？」

「いざというとき、俺の腕では不安なのだろう」

「そうか。拙者は平蔵には借りがあるから、もし頼まれたら引き受けざるを得ない。

だが、それきりだ」

「すまなかった」

浪人は踵を返して去って行った。

源九郎は浪人暮らしの悲哀を見た思いがした。今の男がどういうわけで禄を失ったかわからないが、仕官の道はほとんど閉ざされているといっていい。

源九郎は仇討ちの助太刀のために奉公していた那須山藩を辞めて浪人になった。仇討ちのあと、浪人暮らしを覚悟していたが、美穂藩江間家が手を差し伸べてくれたのだ。

しかし、平穏は訪れなかった。

長屋木戸をくぐり、自分の部屋に帰った。

刀を外し、部屋に上がる。ひんやりした殺風景な部屋だ。ここに温もりはない。飯倉に行けば、妻女の多岐に会える。だが、それも叶わない。自分をこのような暮らしに追い込んだ運命を恨むつもりはない。

義弟伊平太の仇討ちに加わったことに後悔はない。いや、助太刀に加わらなかったとしたら、そのほうがいつまでも慙愧(ざんき)に堪(た)えずにいただろう。

助太刀のあとのことは、想像を絶していた。

浜松藩水島家家臣の本柳雷之進がいかに藩主忠光公の寵愛を受けていたにしても、源九郎こと松沼平八郎に対する執拗な攻撃はなぜなのか。

そもそも、なぜ本柳雷之進は小井戸伊十郎を闇討ちにしたのか。不行跡を伊十郎に叱責された逆恨みということになっていたが、源九郎はそのことに疑問を抱いている。何か別の理由があったのではないか。そのことが源九郎を仕留めようとする狂気の元になっているような気がしている。

いつか、そのことも調べてみるつもりだ。

ふと、戸の外にひとの気配がした。

「ごめんなさいな」

男の声がし、戸が開いた。

「失礼します」

四角い偏平な顔をした男が土間に入ってきた。借金の取り立て屋だ。

「なんだ、仕返しにきたのか」

さっきの浪人のことがあるのできいた。

「滅相もない」

あわてて言い、

「じつは旦那がお出でで」

と、口にした。

男の背後から、四十半ばの、細面で目尻のつり上がった平蔵が現れた。

「流さま、お邪魔します」

平蔵は上がり框まで近付き、腰から煙草入れをとって勝手に腰を下ろした。

「もう、縁は切れたと思っていたが」

源九郎は突っぱねるように言う。

「そう仰らず」

平蔵は笑いながら煙管を取り出した。源九郎は煙草盆を差し出す。煙管の火口に刻みを詰め、平蔵は煙草盆の火入れから火をつけた。煙を吐いて、

「じつはまたお願いがございます」

と、平蔵は切り出した。

「取り立てか」

「はい。深川の佐賀町にあまり評判のよくない剣術道場があります。この道場の師範代を務める右田惣兵衛というお方に貸したお金がいまだにお返しいただいておりません。じつは半ば諦めかけていたのですが、流さまがいっしょだとひょっとして返していただけるのではないかと思いまして」

そう言い、平蔵は煙管を口に持っていった。

「そなたのところに、用心棒がいるではないか」

「はい。ですが、あの者の腕では太刀打ちできません」

「やめさせるつもりか」

「いえ、並の腕の相手なら十分に役立ちます。ただ、先日の御家人といい、今度の師

範代といい、腕の立つ仲間がいる相手にはどうしても流さまではないと」

「買いかぶっている」

源九郎は苦笑した。

「いえ、私の目に狂いはありません」

平蔵は厳しい顔になって、

「どうぞ、明日ご同道願えませんか。謝礼は十分にいたします」

「そなたは薬研堀にある『月乃家』に上がったことはあるか」

「『月乃家』ですか。もちろん、よく行きますが」

「よし、引き受けよう。謝礼は、拙者を『月乃家』に連れていくこと」

源九郎は平蔵の顔を見て言う。

「『月乃家』に、ですか」

不思議そうに見て、

「お安い御用です。では、お金を回収できましたら、『月乃家』で酒を酌み交わしましょう」

と、平蔵は口元に笑みを湛(たた)えた。

翌日の昼前、源九郎は平蔵とともに新大橋を渡り、佐賀町にやってきた。

一刀流の大河原三蔵（おおがわらさんぞう）剣術道場の看板がかかっている道場の前に立った。横にある武者窓から通りがかりの者が中を覗いている。

「では」

平蔵は門を入り、玄関に進んだ。

「お願いいたします」

土間に入り、平蔵は声をかける。

胴着姿の若い男が出てきた。

「師範代の右田惣兵衛さまに、米沢町の平蔵が来たとお伝えください」

「今、稽古中ですので」

「なら、道場の中で待ちましょう」

「少々、お待ちを」

若い男が道場のほうに行った。

しばらく待たされてから、目尻のつり上がった鋭い顔つきの侍がやってきた。

「平蔵か。なんだ?」

右田は傲岸な態度で言う。

「そろそろ、貸したお金を返していただこうと思いましてね」

「覚えておらぬ」

「踏み倒すおつもりですか」

「人聞きの悪いことを言うな。俺と立ち合って俺を打ち負かしたら返してやると言ったはずだ」

右田は薄ら笑いを浮かべた。

「そのお言葉に間違いはありませんね」

「武士に二言はない」

「では、勝負をしていただきましょう」

平蔵は穏やかに言う。

「なに？」

「ここにいる流源九郎が私の手足も同然。どうか、この者と立ち合いを。この者が負ければ、右田さまへの貸し金はなしとさせていただきます」

「おもしろい」

右田は含み笑いをし、

「いつでも相手になろう」

と、余裕をみせた。

「では、これからさっそく」

「よし、上がって道場に来い」

源九郎は左手にある道場への入口をくぐった。

右田は平蔵とともに玄関を上がって道場に行った。

右田が声をかけると、稽古をしていた門弟が一斉に壁際に下がった。十数人いる。

「これから俺がこのお侍に稽古をつける。よく見ているように」

右田は門弟に言い、

「木刀を選べ」

と、源九郎に顔を向けた。

源九郎は刀を平蔵に預け、壁にかかっている木刀を選び、振り下ろした。びゅんという鋭い音が響いた。門弟たちが目を瞠(みは)った。

源九郎は道場の中央に出て、右田と向かい合った。

一礼をして、木刀を構えた。右田も木刀で中段の構えをとった。源九郎は一歩前に出た。右田は下がった。

さらに、源九郎は二歩進んだ。右田はまた下がった。右田の顔が強張ってきた。額に汗が滲んできた。

源九郎は平蔵に顔を向けた。

心得たように、平蔵は右田に近付き声をかけた。

「右田さま。このまま続けてもいかがかと思いますが」

「ばかを申せ」

「右田さまの返事次第ではどうにでもなりますが。さあ、どうなさいますか」

平蔵は迫った。

「………」

「返事がなければ、流さまには思い切って」

「待て」

右田が叫ぶように言い、

「そなたの言うとおりにする。まことだ」

「わかりました」

平蔵が元の場所に下がり、源九郎に目配せをした。

源九郎は頷き、いきなり上段から打ち込んだ。右田はあわてて木刀を払った。源九郎の木刀が壁の近くまで弾き飛ばされた。

「参りました」

源九郎は片膝をついて言った。

右田は肩で大きく息をしていた。


その夜、源九郎は平蔵に連れられ、薬研堀にある『月乃家』の座敷に上がった。二階の階段の近くにある座敷に通された。

酒肴（しゅこう）が運ばれてきて、女将もいっしょに挨拶に現れた。

「旦那、お見限りでございましたね」

女将が酌をしながら当てつけのように言う。

「何かと忙しくてな」

平蔵は満更でもない顔をしている。

「私は他にいい店を見つけたのかと思っていました」

「俺には料理屋と言ったらここだけだ」

「そういうことにしておきましょう」

女将は笑って、

「旦那、こちらのお侍さまは？」

と、きいた。

「流源九郎さまと仰って、亡くなったお園の妹の知り合いだ」

「まあ。そうですか」

女将は眉を寄せ、

「お園ちゃんがあんなことになるなんて」

と、沈んだ声を出した。

女将は銚子をつまんで、

「さあ、旦那」

と、差し出した。

「鶴島新治郎はお園目当てに来ていたのですか」

源九郎は女中の酌を受け、猪口を持ったまままきいた。

「いつも三人で来て、必ずお園ちゃんを呼んでました」

「他のふたりの名はわかりますか」

源九郎がきくと、女将は戸惑いぎみに、

「じつは奉行所のほうからよけいなことを喋らないようにと言いつかっているんです」

「いっしょにきた侍の名もですか」

「はい」

おそらく、留守居役の岩本勘十郎が奉行所に頼み込んだのだろう。

「その後、そのふたりはここには?」

「いらっしゃいません」

女将はきっぱりと言った。

「大名の留守居役もここで寄合をするのか」

平蔵がきいた。

「いえ、うちでは寄合をやりません。寄合はありませんが、留守居役のお方はお仲間とお見えになります」

「美穂藩江間家の留守居役はいかがか」

源九郎はきいた。

「いえ、いらっしゃいません」

「そうか」

「すまぬが、あとでお園と仲のよかった女中を呼んでくれないか」

平蔵は頼んだ。

「わかりました。仲よかったのはお咲です」

女将はあとを女中に任せて部屋を出て行った。

「おまえさんはお園を知っているのか」

平蔵が若い女中にきいた。

「いえ、知りません。まだ、ここに来てひと月ですので」

「そうか。お園の代わりに入ったのか」

平蔵は言う。

膳には香の物や粕漬け、貝の和え物などが並んでいる。

「ところで、流さん。あの右田惣兵衛も流さんの腕を見抜いたのですから、なかなかの剣客だったことは間違いありませんな」

平蔵は含み笑いをし、

「それにしても、流さんはよく降参してくださいました。沽券に関わるとかで、断られるかと思ってました」

「最初言われたときは何のことかわからなかったが、あれでよかった。へたに門弟の前で恥をかいたらもう師範代を続けることは難しい。そうなったら、拙者に恨みを晴らそうとしてくる。その面倒がなくなるのならいくらでも降参はする」

源九郎は今の気持ちを素直に口にし、

「で、右田惣兵衛は全額返してくれたのか」

と、きいた。

「ええ、耳を揃えて。あるのなら素直に出せばいいのにと思いますが、あわよくばと思うのでしょうな」

平蔵は貶むように言う。

「ところで、おまえさんの座敷にお園はよくついたのか」

源九郎は酒を喉に流し込んでからきいた。

「いや、たまにです」

平蔵は香の物に箸をつけて答える。

女将が二十四、五歳の女中を連れて入ってきた。整った顔だちだ。

「お咲です」

女将が引き合わせた。

お咲は会釈した。

「亡くなったお園とは親しかったのか」

平蔵がきいた。

「はい。仲良くしてもらっていました」

お咲は答える。

「鶴島新治郎という侍がお園に入れ込んでいたのはほんとうか」

源九郎はきいた。

「はい」

「お園のほうは？」

「お園さんも同じです。でも、相手がお侍さまでは身分が違うと悩んでいました」

お咲はちらっと女将に目をやった。

「鶴島新治郎の連れの名を教えてくれないか」

「知りません」

「知らない？」

「教えてくれませんでしたから」

「おまえさんはお園といっしょに鶴島新治郎たちの座敷についたのではないか」

平蔵がきいた。

「はい」

「それなのに、他のふたりの名を知らないのか」

「私は聞いていません」

お咲は横にいる女将を気にしているようだ。

源九郎はこの場できいても無駄だと悟った。女将から口止めされているのだ。

「お園は鶴島新治郎とのことで悩んでいたようだな」

源九郎はお咲に話を合わせた。

だが、お咲は黙っていた。苦しげな表情で俯いていた。もはや、お咲が真実を語っていないことは明白だ。

「わかった。女将、もういい」

源九郎は穏やかに言った。

平蔵は何か言いたそうだったが、源九郎は手酌で酒を呑み出した。

二

翌日、三ノ輪の彦三は南町定町廻り同心の寺本郁太郎とともに下谷坂本町一丁目の自身番屋に立寄った。町内の見廻りだ。

「番人、町内に変わったことはないか」

寺本が声をかける。

「へえ、何も」

番人が返事をする。

寺本は四十二歳、町廻りになって十年になる。大柄だが、少し肥り過ぎだ。顔も二重顎になっている。

「旦那、お茶でもいかがですか」

店番の者がきいた。

「もらおうか」

寺本は上がり框に腰を下ろした。

「親分さんも？」

店番は彦三にも声をかけた。

「頼む」

「はい」

店番の者はすぐ湯呑みをふたつ差し出した。

「いい味だ」

寺本は満足げに言う。

彦三は立ったまま湯吞みを受け取る。歩き回ってきて喉も渇いていたのでいっきに吞み干した。

ただの茶ではない。酒だ。

彦三は三十五歳。中肉中背で、四角い顔に大きな目が特徴だ。寺本から手札をもらって三年になる。

「そうそう、旦那」

店番の者が口にした。

「木戸番屋の番太郎から聞いたのですが、例の情死のことで死んだ女の妹が今度は浪人を連れてやってきて、いろいろきいていたってことです」

「何をきいていたのだ?」

「いえ、詳しいことは聞いていませんが、あの妹はまだ姉の死に納得がいっていないようだと言ってました」

「いつのことだ?」

「一昨日です」

「そうか」

寺本は顔をしかめた。

彦三もまだぐずぐずしているのかと呆れた。

「馳走になった」

寺本は上がり框から立ち上がった。

外に出ると、向かい合ってある木戸番屋に番太郎の姿があった。

「旦那、念のためにきいてみますか」

彦三はきく。

「うむ」

寺本は頷く。

彦三は木戸番屋に向かい、番太郎に声をかけた。

「これは親分さん」

番太郎は腰を屈めた。

「小耳にはさんだのだが、一昨日お清が浪人連れで話をききにきたそうだな」

「へえ、浪人のほうがいろいろきいてきました」

「どんな浪人だ？」

「流源九郎さまと仰いました」

「流源九郎……」

彦三は呟く。

「背が高く、胸板が厚い、いかにも強そうな感じでした。三十前後、色浅黒く、逆八文字の眉の下に鋭い切れ長の目が……」

番太郎は説明した。

「で、何をきいてきた？」

「お清って妹にきかれたことと大差ありません」

番太郎は言ってから、あっとした顔になった。

「どうした？」

「へえ」

番太郎は言いよどんだ。

「じつは、見かけたのはその女だけかと」

「その女だけ？」

「ええ、その女のあとから誰かがやってこなかったかと」

「どうなんだ？」

「あとから行商人の男がやってきました」

「まったく無関係にか」

「いえ。女の器量に惹かれて、女のあとをつけているのかと思いました。別に根拠があるわけではなく、勝手にそう思っただけだといいました」

「その話を聞いて、浪人はどうした？」

「特には」

番太郎は首を横に振る。

「ふたりはどうした？」

「町に入って行きました」

「わかった」

彦三は番太郎と別れ、

「旦那、どうしましょう」

と、きいた。

「うむ」

寺本は眉根を寄せた。

お清の話では、お園は誰かにつけられているようだと言っていたという。番太郎の話はそれを裏付けるものか。それとも、たまたまふたりが前後を歩いていただけなのか。

「おそらく、酒屋の小僧のところにも行ったはずだ」

寺本が言う。

ふたりは坂本町二丁目の酒屋に行き、小僧と会った。

「一昨日、また例の娘がきたそうだな」

彦三はきいた。

「はい」

「浪人もいっしょだったそうだが」

「その浪人さんがいろいろきいてきました」

「何をきいた？」

「どこで見かけたのかと。だから、鬼子母神の近くだと」

「それから」

「それから……」

小僧は言いよどんだ。

「どうした？」

彦三は番太郎の態度を思いだして不安が過った。

「正直に言うんだ」

「はい」

小僧はぴくっとして、

「女のひととすれ違って、しばらくして振り返ったら女のひとの姿がなかったと話したら、その浪人さんが……」

「浪人が何か言ったのか」

「女のひとのことが気になって引き返したのではないかときかれたので、そうですと」

「なに、おまえはすれ違ったあと、引き返したのか。前はそんなこと言わなかったではないか」

彦三は憤然となった。

「引き返したなんて、はしたないと思って」

小僧は小さくなった。

ちっと舌打ちし、

「で、何か気づいたのか」

と、彦三はきいた。

「鬼子母神の境内にいなかったんです」

「なに、鬼子母神にはいなかった？」

彦三はうろたえ、

「そんなはずはない。境内をちゃんと探したのか」

「はい」

「…………」

彦三は声が出なかった。

お園は鬼子母神で鶴島新治郎と待ち合わせをし、その後、どこかで過ごして空き家に向かったと考えたのだ。

鬼子母神と考えたのは、入谷で有名な場所で待ち合わせにふさわしいと思ったからだ。だが、鶴島と待ち合わせたのは何も鬼子母神とは限らない。ふたりが知っている場所が他にあったのであろう。

「その他、何かきいていたか」

「女のひとの後ろに行商人の男を見なかったかと」

「なんて答えた？」

「見たと」

「そうか」

「他には何もありません」

小僧は答えた。

「わかった。行っていい」

彦三は小僧に言ってから、

「ふたりは別の場所で待ち合わせたのでしょうか」

と、寺本に言った。

「うむ。お園も鶴島も知っている場所があったのだろう。しかし」

寺本は難しい顔で、

「行商人の男が気になるが」

と、呟いた。

「へえ」

お園はずっと誰かにつけられているような気がしていたと言っていた。

先月、入谷にある空き家で、男女の死体が見つかった。見つけたのは家主だ。借り手が見つかるまでときたま雨戸を開けて風を入れにくる。

いつものように裏口から入って雨戸を開けて陽が入り込んだとき、部屋の奥で倒れているふたりを見つけたのだ。

三ノ輪の彦三は報せを受けて駆けつけた。

男は武士だった。女は喉を掻き切られ、男は手に脇差を握ったまま腹を刺して死んでいた。死後、ふつかほど経っていた。

状況からして、男が女の喉を切って殺し、あとから男が自害をしたと思われた。問題は、ふたりの覚悟の上か、それとも男の無理心中かということだった。

侍の身元はすぐわかった。奉行所に、播州美穂藩江間家から家中の者が三日前から行方不明になっている、何か事件に巻き込まれたのであれば、よろしくとりはからいをと頼まれていたのだ。

侍は鶴島新治郎、そして、御留守居役の岩本勘十郎から、鶴島新治郎は薬研堀にある料理屋『月乃家』の女中お園に入れ揚げていたと聞き、『月乃家』に問い合わせたところ、お園は三日前から休んでいるということだった。

お園は日本橋久松町の佐太郎店に妹と住んでいるということで、妹のお清に亡骸を見てもらい、お園だとわかった。

鶴島新治郎は『月乃家』の客で、お園を贔屓にしていた。いつしかふたりは恋仲になったものの、大名の家来と料理屋の女中では身分が釣り合わず、ついに心中にまで発展してしまった。

だが、同心の寺本郁太郎は美穂藩江間家の願いどおり、鶴島新治郎は上屋敷にて不慮の死を遂げ、その悲しみからお園が入谷の空き家で自ら喉を掻き切って死んだことにした。

お園が鶴島と情死したとお清に告げたところ、意外な反発を受けた。

「姉には他に好きなひとがいたのです。鶴島さまといっしょに死ぬなんて考えられません。姉は殺されたのです」

彦三は戸惑いながら、

「お園は入谷の鬼子母神で鶴島新治郎と落ち合って空き家に行ったのだ。鬼子母神まで、お園がひとりで向かったのだ。お園を見たという者もいる」

と、諭した。

「姉は最近、誰かにつけられているような気がすると言っていたのです。姉は何らかの事件に巻き込まれたのです」

お清は自分の考えを曲げなかった。

お清の訴えが聞き入れられることはなく、お園と鶴島の情死として判断し、美穂藩江間家の希望通りに始末をして一件は落着した。

だが、お清は自分ひとりで調べていた。『月乃家』の女将や女中たちにしつこくお園の相手の男をきいたり、木戸番屋の番太郎や酒屋の小僧にも会いに行った。

しかし、なんら手掛かりがあるはずもない。

もうお清は諦めたと思っていたが、今度は浪人を仲間に引き入れて調べている。その執拗さに、彦三は戦慄さえ覚えた。

というのも、彦三はいくつかの疑問を抱いていた。

空き家で死んでいたふたりの着物や髪に乱れがなかったことだ。現場で、彦三はこのことで寺本とやりとりをしたことがあった。

「旦那、このふたり、死ぬ前に抱き合っていませんね」

すると、寺本も同じことを考えていた。

「俺もそのことに引っ掛かった。好いた同士なら当然最後にお互いの愛を確かめ合うのが自然だ。もしかしたら、鬼子母神で落ち合って、まっすぐこの空き家に来たのではなく、どこかに寄ったのではないか。そこで情を交わしたとも考えられる」

「なるほど」

「だが、そうなると、立ち寄った場所が問題だ。そこには誰かがいたはずだ。無人の家ならわざわざ空き家に入る必要はない。その家で自害すればいいはずだ」

「そこが出合茶屋か宿屋だったら」

彦三は言う。

「この辺りに出合茶屋があるのか」

「聞きません」

「ひそかに商売をしている家があるのか」

寺本は言ったあとで、

「ただ、考えすぎかもしれぬ。好き合った同士でも、いざ死ぬとなったら、そんな気にならなかったか」

と、疑問を打ち消そうとしていた。

当時は、美穂藩江間家の頼みを聞き入れなければならず、よけいな詮索はせず、早い結論を出した。

しかし、彦三はすっきりしないまま、事件の幕を引いた。

だから、お清が浪人まで使って調べていることが気になったのだ。それだけでなく、今になってお園のあとをつけていたらしい行商人の男のことが明らかになった。さらに、鬼子母神での待ち合わせはなかった可能性が出てきた。

情死からひと月余り経ち、水の底に沈んでいた汚物がふいに浮上してきたような不快な思いに襲われた。

「旦那、どういたします？」

「念の為に、流源九郎という浪人のことを調べるのだ」

寺本は苦い顔で言った。

「わかりました」

彦三は請け合った。自分でも目がぎらついているのがわかった。

三

その日の昼下り、源九郎は日本橋久松町の長屋にお清を訪ねた。

腰高障子を開けて、声をかける。

「流さま」

針仕事をしていたお清が手を休めて立ち上がってきた。

源九郎は腰から刀を外して上がり框に腰を下ろした。

「昨日、『月乃家』に行ってみた」

「何かわかりましたか」

お清はきいた。

「女将は奉行所から口止めされているらしく、肝心なことは話してくれない」

「私も女将さんに話をききに行ったのですが、何もわかりませんでした」

お清は悔しそうに言い、

「なんで、奉行所は口止めをするのでしょうか」

「美穂藩江間家から鶴島新治郎の情死を隠すように頼まれているからだろう。それで、お園は後追い自害をしたことにした。女将もそのことに協力をしているのだ」

「…………」

「お園から仲のよかった女中の名を聞いているか」

源九郎はきいた。

「はい。お糸(いと)さんです」

「お糸？」

「ええ、お糸さんとは『月乃家』で一番気が合うと言ってました」

「会ったことは？」

「会いに行ったら、もう辞めていました」

「辞めた？」

源九郎は不審を持った。

「はい。女将さんの話では、姉が死んでしばらくして、嫁に行くといって辞めていったそうです。ふたりがいなくなって、たいへんだと」

「妙だな」

源九郎は首を傾(かし)げた。

「女将の話では、お園と仲がよかったのはお咲だという。お咲は、お園と鶴島の仲は深かったと匂わせている」

「姉から、お咲さんの名を聞いたことはありません。それに、お咲さんに話をききに行きましたが、あまり姉のことを知りませんでした。それほど深い付き合いではなかったと思っています」

お清は複雑な表情をした。

お園がお清にそんなことで嘘をつくとは思えない。やはり、お咲は、お園と鶴島が相思相愛の仲だったことを思わせる役目を負わされたのかもしれない。

「どうやら、お園と鶴島が相思相愛の仲だったことにしようとする人物がいるようだ」

源九郎はそう考え、

「お園はやはり殺されたのだ」

と、言い切った。

お園が殺されたのだとしたら、鶴島新治郎も殺されたことになる。

「なぜ、姉は殺されなくてはならなかったのでしょうか」

お清は憤然と言う。

「おそらく、狙いは鶴島新治郎だったのではないか。殺す理由を隠すために、お園を道連れにしたのだ」

鶴島新治郎が狙いだとしたら誰が……。

下手人は美穂藩江間家の家中にいる。

高見尚吾は源九郎に、鶴島を殺した人物と理由を調べさせようとしている。なぜ、上屋敷で調べようとしないのか。

やはり、鶴島新治郎といっしょに『月乃家』に行っていたふたりに話を聞く必要がある。尚吾はなぜ、そのふたりのことを教えようとしなかったのか。

「『月乃家』の女将さんは下手人を知っていて隠しているのでしょうか」

お清はきいた。

「いや、知らないはずだ。ただ、奉行所から言われ、美穂藩江間家の体面を保つために手を貸しているのだ。そのことが真の下手人を隠すことになることに気づいていない」

美穂藩江間家留守居役の岩本勘十郎は家臣の鶴島が情死したということを知り、御家の体面を保つために鶴島の所業をなかったことにしようと奉行所に働きかけたのだ。

奉行所も、ふたりは相思相愛の仲だったが身分の違いからいっしょになれないことを悲観してふたりで死んだと判断したので、江間家の要望を受け入れたのだ。

これが最初から第三者によるものとわかっていたら、奉行所は江間家の体面など考慮せず探索に乗り出したはずだ。

つまり、ふたりが情死をしても不思議ではないという状況を作り出した人物こそ、下手人かその共犯に他ならない。

それは鶴島といっしょに『月乃家』に行っていたふたりだ。このふたりが鍵を握っている。

お園と仲のよかったお糸は、お園には他に好きな男がいたことを知っていた。だから『月乃家』から遠ざけられたのだ。

ただ、妙なことがある。源九郎は厳しい顔をした。

「おかしい」

思わず源九郎は呟いた。

「なにがでしょうか」

「お園には好きな男が他にいたのだな」

「ええ、私はそう思っています」

お清ははっきり言う。

「その男はなぜ沈黙を守っているのだ」

「名乗って出られない身分のお方かもしれません」

「いや、好きな女が情死に偽装されて殺されたのだ。じっとしていられるはずはない」

源九郎は胸騒ぎがした。

「もしや」

「なんですか」

お清が不安そうにきいた。

「いや、考えすぎかもしれない」

源九郎はあえて口にしなかった。

「どんなことですか。教えてください」

お清は真剣な眼差しで言う。

「勝手な想像だ。お園が入谷に向かった理由は好きな男に会うためではないか。入谷のどこかで、ふたりは落ち合ったのだ。だが、お園は殺されて、その男の姿はない」

「その男が姉を殺したと……」

「いや、その男も殺されているかもしれない」

源九郎は想像を口にした。

「えっ」

お清は息を呑んだ。

「死体は発見されていない。どこかに埋められているのかもしれぬ」

「まあ」

「どうしても、お糸に会いたい。なんとか居場所がわからぬか。お園から何か聞いていないか」

源九郎は矢継ぎ早にきく。

「わかりません」

お清は首を横に振った。

「やはり、『月乃家』できくしかないか」

「でも、皆さん口止めされているのでしょう。知っていても話してくれないんじゃないかしら」

「いや、客だ」

「客？」

「お糸目当ての客もいたのではないか。その客なら、お糸の行き先を知っているかもしれない」

「どうやって、捜すのですか」

「金貸しの平蔵に頼んでみる。借りを作ることになるが、止むを得ん」

源九郎は立ち上がった。

「これから、平蔵のところに行ってくる」

「すみません。私のために」

「いや、拙者は長屋の皆から頼まれているのだ。金でね。礼を言うなら、長屋の皆に。だが、まだ礼を言うのは早すぎる」

源九郎はそう言い、お清の家を出た。

米沢町の平蔵の店に着いた。

正面の帳場格子から番頭の欣三が丸い目を向けた。

「これは流さま」

「旦那を呼んでくれ」

「さっき出かけました。帰りは夜になると思います」

「夜か」

源九郎は落胆した。

「お言伝(ことづ)てを承りましょうか」

「そうだな。また『月乃家』のことだが、直に頼んだほうがいいだろう」

「昨夜、『月乃家』にごいっしょしたそうで」

欣三が言う。

「うむ」

「いかがでしたか。若い女中を揃えているので、人気がある料理屋です。もっとも私や旦那は若い女子より、大年増のほうが……」

欣三は含み笑いをした。

「行ったことがあるのか」

「ええ、旦那といっしょに、何度か」

「お糸という女中がいたのを覚えているか」

「確か、そのような名の女中がいたようです。その女中が何か」

「『月乃家』を辞めたそうだ。今、お糸がどこにいるのか知りたいのだ。誰か知っている者がいないかと思ってな」

「お梅という大年増の女中がおります。男勝りで、気っ風がよく、若い女中に慕われているようでした。お梅が何か知っているかも」

欣三は丸い目を細めた。

「なるほど、そのお梅が気に入りか」

「まあ、行くたびにお梅が相手をしてくれます」

「お梅は住込みか」

「いえ。通いです」

「お梅の特徴は？」

「二十八、九歳。細身で、うりざね顔です」

「よし、今夜、料理屋の前で待ってみよう」

源九郎は平蔵の店を出た。

夕方から『呑兵衛』で過ごし、五つ（午後八時）をまわって引き上げた。

「流さん。もう、お帰りですかえ」

誰かがきいた。

「うむ。ちょっと用事を思いだした」

源九郎は返事をして外に出た。

月が皓々と照っていた。夜はだいぶ涼しくなった。

浅草御門を抜けて、両国広小路を突っ切る。

薬研堀にある『月乃家』の門の前にやってきた。お梅が引き上げてくるのは五つ半（午後九時）過ぎだろう。

それまで、近くの柳の木の陰で待つことにした。駕籠がやってきた。しばらくして、女将や女中に見送られて商家の旦那らしい男が出てきて駕籠に乗り込んだ。

その後も、客が出てきた。

ふと背後にひとの気配がして、源九郎は顔を向けた。

達磨のような丸い体つきの男が近づいてきた。

「あんたは……」

番頭の欣三だった。

「帰ってきた旦那に話したら、お梅は用心深いから、行ってやれと言われました」

欣三が説明した。

「それは助かる」

源九郎は素直に喜んだ。

話し声が聞こえた。また女将と女中が数人の客の見送りに出てきた。

「女将の横にいる女中がお梅です」

なるほど、月影に映し出された姿は、欣三が言うとおりだった。うりざね顔の色っぽい女だ。

客は船宿のほうに向かった。女将たちは引っ込んだ。若い衆が門を閉めた。奥の明かりが消えた。

「どうやら、最後の客だったようです」

それから四半刻（三十分）後、三人の女が脇門から出てきた。その中に、お梅の姿があった。

「私が呼んできます」

欣三が出て行った。

三人が立ち止まった。欣三は何か訴えている。

他のふたりは会釈をして去って行った。

やがて。欣三がお梅を連れてやってきた。

「流源九郎さまだ、お糸を捜しているのだ」

欣三がお梅に言う。

「すまない。待ち伏せたりして。女将に気づかれたくなかったのでな」

源九郎は穏やかに言い、

「お糸は亡くなったお園と仲がよかったと聞いた。お園のことで、お糸にききたいことがあるのだ。どこにいるか知っていたら教えてもらいたい」

「何をききたいのですか」

お梅は臆することなくきき返した。

「お園は鶴島新治郎という侍と情死したことになっているが、妹のお清は姉は他に好きな男がいたと言っている。つまり、鶴島新治郎と死ぬはずはないということだ」

「…………」

「好きな男のことを、お糸なら知っているのではないか」

源九郎はお園の妹お清に頼まれて調べているのだと説明した。

「確かに、お園とお糸は仲がよかったけど」

「なぜ、お糸は急に辞めたのだ？　女将から急にやめるように言われたのか」

源九郎はきいた。

「いえ、自分から辞めて行ったんです」

「自分から？」

「わけは教えてくれませんでした。お園があんなことになってかなり落ち込んでいましたから」

「お糸の居場所を教えてもらいたい」

「申し訳ありません。無断で教えるわけにはいきません。お糸さんに確かめてからでないと」

お梅は慎重だった。

「わかった。ぜひ、そうしてもらいたい」

「でも」

「そなたのあとをつけるような真似はせぬ。返事は、日本橋久松町の佐太郎店に住むお清まで」

「わかりました」

「お梅さん。すまなかったな」

欣三はお梅に声をかけた。

「いえ。では、失礼いたします」

お梅は小走りに去って行った。

「助かった。平蔵どのによろしく言ってくれ」

「また、何かのときには流さまの力をお借りしなければなりませんから」

欣三はさりげなく言う。

再び、平蔵に借りを作った。止むを得ないと、源九郎は黙って頷いた。月は急に迫り出してきた雲に隠れ、辺りは暗くなっていた。

四

翌朝、どんよりとしていて、今にも雨が降り出しそうだった。

三ノ輪の彦三は手下と共に日本橋久松町の佐太郎店の木戸をくぐった。

お清の住いの腰高障子を開けて、

「ごめんよ」

と声をかけ、土間に入った。

針仕事をしていたお清は手を止めた。大伝馬町(おおでんまちょう)にある仕立屋から頼まれて着物を縫うお針子だ。

「親分さん」

お清の表情が翳った。嫌われているのは承知だ。姉は殺されたと言い張るお清の訴えを突っぱねているのだから。

「仕立ての仕事は順調か」

彦三はきく。

「はい」

「三日前、入谷に行ったそうだな?」

彦三は切り出す。

「ええ」

「また木戸番屋の番太郎と酒屋の小僧に会ったそうだが?」

彦三はお清の小さな顔を見つめる。

「ええ」

「そのとき、流源九郎という浪人といっしょだったそうだが?」

「はい」

「おまえさんとどういう関係だ？」

「姉のことを調べてくれているのです」

「どこで、知り合った？」

「じつは長屋の皆さんが……」

「長屋の者が？」

彦三がきき返したとき、戸が開いた。

「親分さん」

女が立っていた。確か、左官屋の元吉のかみさんだ。お園の件で聞き込みにきたとき、会ったことがある。

「流さまのことで何かお調べですか」

「聞き耳を立てていたのか」

「親分の大きな声は壁を挟んでも耳に入りますよ」

「そうか」

「わけをお話ししますからうちに来てください」

元吉のかみさんは言う。

「いいだろう」

お清に邪魔をしたと声をかけ、彦三はかみさんのあとについて隣の家に向かった。部屋で元吉は起きていた。確か、聞き込みにきたときは足を怪我して寝ていた。だいぶ、よくなったようだ。

彦三は上がり框に勝手に腰を下ろした。

「流源九郎について教えてもらおうか」

彦三は促す。

「流さまは高利貸しからあっしら夫婦を守ってくれたんです」

元吉が流源九郎との経緯を説明した。

「金貸しの平蔵か」

「へい。それで、長屋の皆で金を出し合い、流さまを雇い、お清さんの手助けをしてもらうことに」

「おめえたちも、お園は殺されたと思っているのか」

彦三はふたりの顔を交互に見た。

「わかりませんが、お清さんが納得いくように流さまに調べてもらえたらと」

かみさんが口を入れる。

「俺たちの裁断にけちをつけるってことだな」

彦三は鋭く言う。

「そうじゃありません。流さまが調べ、それでやっぱり情死だとわかれば、お清さんの気持ちの整理もつくでしょうから」

「まあいい。で、流源九郎はどこに住んでいるのだ？」

「元鳥越町の万年長屋です」

「そうか。わかった」

彦三は元吉の家を出た。

米沢町まですぐだ。今にも冷たいものが落ちてきそうだ。

金貸しの平蔵の家はすぐわかった。

二階建て長屋で、銭の絵が描かれた木札が軒下に下がっていた。

彦三は手下と共に暖簾をくぐった。帳場格子に四十歳ぐらいの達磨のような丸い体つきの男が座っていた。

「俺は南町の旦那から手札をもらっている三ノ輪の彦三っていうもんだ。ちょっと、ききてえことがある」

彦三は男の前に立った。

「おまえさんは？」

「番頭です」

「流源九郎って浪人のことだ」

「流さまが何か」

「いや、そういうわけじゃねえ。日本橋久松町の佐太郎店に住む左官屋の元吉との関係に、おまえさんのところが絡んでいるときいてな。そのことを確かめにきたのだ」

「親分さん」

奥から、四十半ばと思える細面で目尻のつり上がった男が出てきた。

「そのことは私から説明いたしましょう」

「主人か」

「はい。平蔵にございます」

平蔵は落ち着いた態度で、

「流さまは、私どもが無理な取り立てをしたとき、借り手側に立って盾をついてきたお方にございます。うちの用心棒もまったく歯が立たないほどの剣客でして……」

流源九郎との出会いを説明し、その後の関わりを話した。

「そんなに腕が立つのか」

「それはもう。本所南割下水の御家人のところでは三人の侍をまたたく間に倒し、剣術道場の師範代とは木刀で構えたまま、相手は何も出来ませんでした」

平蔵は、流源九郎がいかに腕が立つかを話した。

「しかし、なぜ、流源九郎は借り手のためにそこまでするのだ？」

「弱き者の味方なのでしょう。不正も許せないようで。私どもの取り立ても、決して褒められたものではありませんから」

平蔵は自嘲ぎみに言う。

「なるほど。で、流源九郎はどこの藩にいたのだ？」

「きいていません。あれほどのお方が浪人になったのですから、それなりに大きな理由があったのでしょう。他人の傷を抉(えぐ)るようなことになるかもしれませんので、そういうことには触れません」

平蔵はふっと笑みを浮かべ、

「私どもとしては、肝心なときに手を貸してもらえればいいのですから」

と、口にする。

「流源九郎は独り身か」

「そうです」

「わかった。邪魔をした」

彦三は手下を連れて、浅草御門を抜けて、蔵前から元鳥越町に行く。

鳥越神社の裏のほうにある万年長屋の木戸を入り、ちょうど真ん中ほどの家から出てきた女に声をかける。

「流源九郎という侍が住んでいるな」

「はい。でも、今は留守ですよ」

「仕事か」

「さあ、どうでしょうか」

女は首を傾げた。

「いつからここに?」

「ひと月ほど前からです」

女は警戒ぎみに答える。

「どんなお方だね」

「おとなしくていいお方ですよ」

「何をしている?」

「口入れ屋から仕事をもらっているようです。仕事がないときは、たいてい、近所の呑み屋にいるようです」

「何という呑み屋だ？」

女はふと顔色を変えて、

「流さまがどうかしたのですか」

と、きいた。

「いや、そうじゃねえ。いろいろ事情があってな。で、呑み屋の名は？」

「鳥越神社の前にある『呑兵衛』です」

「ところで、大家の家はどこだ？」

「木戸の左手の荒物屋です」

「わかった」

彦三は女と別れ、大家のところに行った。

店先から声をかける。店番をしていた年配の女が奥に向かって声をかけた。大家の妻女のようだ。

すぐに、五十近く、髪の薄い男が出てきた。

「俺は南町の旦那から手札をもらっている三ノ輪の彦三っていうもんだ」

「これは親分さんで」

大家は会釈をした。

「ちと、店子の流源九郎のことできさたい」

大家は顔色を変え、

「まさか、流さんに何かの疑いが？」

と、あわてた。

「そういうことじゃない。あることから、素姓を知りたいだけだ」

「はあ」

大家は納得がいかない顔をした。

彦三は構わず、問いかけた。

「どういう事情から、この長屋に？」

「口入れ屋の『十徳屋』の旦那の世話です。用心棒の仕事とともに住いもいっしょに」

「どこの藩の浪人か聞いているか」

「ききましたが、旧主に迷惑がかかるといけないのでご容赦を、ということでした」

大家は慎重に答える。

「独り身だそうだが」

「はい。さようで」

「仕官しているときは、妻帯していたかどうかは？」

「わかりません。ただ、流さまには翳があります。もしかしたら、禄を離れるときに妻女とも離縁をしたのかとも思いました。いずれにしろ、辛い何かがあったのだろうと推察しています」

大家は溜め息混じりに言う。

「訪ねてくる者は？」

「ほとんどおりません」

「ほとんどというと、ごくたまに誰かがやってくるのか」

「先日は、米沢町の金貸しの平蔵さんが夜にやってきてました」

「うむ。他には？」

平蔵が訪ねたことは聞いた。

「隣に住む夫婦の話では、何日か前にひとりいたようです。流さんは仕事のことだと言っていたそうです」

「どんな男だ？」

「引き上げたときの後ろ姿しか見ていないそうです。その他は訪れる者はおりません」

「では、親しくしている者はいないのか」

「いないようです」

「いつも、呑み屋にいるようだな」

彦三は確かめるようにきく。

「はい」

「酒好きか」

「そのようです。でも、それほど強いわけではありません。いつも二合を越すと、呑み屋で寝てしまうようです」

「酔いつぶれてしまうということか」

「はい。ほんとうはお酒はあまり好きではないけど、いやなことを忘れるために呑んでいるのではないかと、私は思っています」

「なるほど。ひとはそれぞれ辛いものを抱えているからな」

「はい。でも、流さまは悪いお方ではありません。強きをくじき、弱きを助ける。まさにそんなお方です」

「なるほど」

平蔵と同じことを言っている。だから、お清のために一肌脱ごうとしているのか。

「腕が立つようだな」

「はい、呑み屋で横柄な振る舞いを見せた三人のならず者を簡単にやっつけたと、長屋の者が言ってました」

大家は自慢するように言う。

「頭のほうはどうだ？」

「頭？」

「才知だ」

「ああ、それはもう、頭は切れます。素養がありますから、仕官していたときはそれなりの地位にいたお方だと思います。ただ、そのようなことをひけらかしたりしません」

この大家はひとを見る目を持っているようだ。大家として、いろいろな店子と接してきて養われた眼力かもしれないと、彦三は思った。

「いろいろ参考になった」

礼を言い、彦三は大家の家をあとにした。

鳥越神社の鳥居の前を過ぎ、『呑兵衛』という呑み屋を探した。

昼時もやっているようで、提灯が下がり、暖簾もかかっていた。

彦三は戸口に立ち、中を見た。昼間から酒を呑んでいる男がいた。だが、浪人の姿はない。

彦三は引き返し、蔵前の通りに出て、浅草御門に向かった。

浅草御門を抜けて、薬研堀にある『月乃家』に行った。

どんよりして夕方のように暗いが、まだ昼前だ。『月乃家』の門が開くには早すぎる。彦三は脇門をくぐって玄関に向かった。

戸を開けると、廊下を拭き掃除している女中に声をかけた。

「すまねえな。女将を呼んでくれ」

女中はあわてて、

「はい、ただいま」

と、帳場に行った。

ほどなく、女将がやってきた。

「これは親分さん。また、何か」

女将は怪訝な顔をした。

「つかぬことをきくが、ここに流源九郎という浪人がやってきはしなかったか」

「流さまですか。ええ、確かにいらっしゃいました」

「やはり、来たか」

「ええ、米沢町の平蔵さんと」

「なに、金貸しの平蔵と?」

あの野郎、そんなことは一言も口にしなかったと、彦三は舌打ちした。

「客としてきたのか」

「そうです」

「で、お園の件で、何かきいていたか」

「はい。鶴島新治郎はお園目当てに来ていたのかとか、他のおふたりの連れの名は何かとか」

「連れの名を教えてないだろうな」

彦三は釘を刺すように鋭い声で言う。

「言いませんよ。奉行所のほうからよけいなことを喋らないようにと言いつかっているからと」

「そう言ったのか」

「拙かったですか」

「いや」

奉行所が何か隠し事をしていると、変に勘繰られるかもしれないとは口にしなかった。

「他には？」

「お園と仲のよかった女中に会いたいと言うので、お咲を引き合わせました。ほんとうは、お糸という女中が一番仲よかったのですが、もう辞めてしまったので」

「お咲は何か喋ったのか」

彦三は女将の顔を見つめた。

「いえ、よけいなことを言わないように念を押しておきましたから」

「まあ、これからもよけいなことは言わないように」

「親分さん。どうして、何も喋ってはいけないのですか」

女将が不平を言うようにきいた。

「何度も言っているじゃねえか。情死の相手は大名の家来だ。お互い納得ずくのことか、それとも無理心中か、判断が難しい。それなのに、妹のお清は姉は殺されたのだと騒いでいる。だから、よけいな詮索をさせたら、混乱のもとだ」

彦三は説き伏せるように言う。

「でも、もうけりがついているんじゃないですか」

「そうだ。それを蒸し返そうとしているのが、流源九郎って浪人だ。いいな、この男には気をつけるんだ」

女将は頷いたが、納得はしていないようだった。

彦三が『月乃家』の門を出たとき、顔に冷たいものが当たった。とうとう降ってきやがったかと舌打ちしたが、頭の中は流源九郎のことでいっぱいだった。

流源九郎は何かを摑むかもしれない。彦三も同心の寺本も、あの情死には何か釈然としないものがあった。それに、お清の訴えだ。姉には他に好きな男がいたという。美穂藩江間家の頼みを聞き入れることを優先したために、どこか調べが疎かになっていたのではないかと思っていたのだ。

そこに、流源九郎が現れた。金貸しの平蔵や長屋の大家の話からして、才知に長けた男のようだ。

流源九郎のことをあれこれ考えながら、彦三は雨の中を歩いていた。

五

翌日、昼前に雨が上がり、陽光が射してきた。

路地に女の声がした。やがて、戸が開き、留吉のかみさんが顔を出した。

「流さん、お客さま」

かみさんはにやつきながら言い、

「どうぞ」

と、後ろの女に声をかけた。

「失礼します」

お清が入ってきた。

「ひょっとして『月乃家』のお梅から？」

源九郎は上がり框まで出てきいた。

「はい。お糸さんが会ってくださるそうです」

お清には、お梅に会った話をしてある。

「よし。で、いつ？」

「夕七つ（午後四時）に、築地本願寺の本堂の前でと言ってきました。もし、流さまの都合が悪ければ、私ひとりででも行ってきます」

「拙者も行く」

「よかった」

「あとで、長屋まで迎えに行く」

「わかりました」

お清はすぐに引き上げた。

入れ代わって、留吉のかみさんが入ってきた。

「流さん、どなたなの？　ずいぶん、可愛らしい娘さんだこと」

「仕事だ」

「仕事？」

「そうだ。雇い主のようなものだ」

「そうなの」

かみさんは疑い深そうな目をしたが、

「そうそう、昨日、岡っ引きがやってきて、流さんのことをいろいろきいていたわ。大家さんのところにも行って」

「そうか」

お清のところにも現れた三ノ輪の彦三だ。

「流さん、だいじょうぶ？」

「心配いらないよ」

源九郎は安心させるように言う。

「ならいいの」

かみさんは引き上げた。

岡っ引きがこっちの動きを気にしているということは、奉行所もあの情死について何か疑問を持っているからではないか。

昼の八つ（午後二時）過ぎ、源九郎は長屋を出て、日本橋久松町の佐太郎店に寄り、お清と共に、築地本願寺に向かった。

本願寺境内に足を踏み入れたのは七つ前だ。

本堂の前に、数人の参拝客がいたが、お糸らしい年頃の女はいなかった。

ふたりで本堂まで行き、その脇で待った。

「お糸さん、何か知っているでしょうか」

お清が心配そうにきく。

「情死からしばらくして自分から『月乃家』を辞めていったのだ。何か思うことがあったのに違いない。それに、わざわざ会ってくれるのだ」

「あら、あのひと」

お清が本堂の裏手を見た。
二十四、五歳と思える女が近づいてきた。丸顔でふっくらとしている。辺りに目を配っている。
お糸のようだ。お糸という名から受ける印象とは違っていた。すでに来ていたようだ。

女は源九郎とお清の前に立った。

「流さまにお清さんですか」

「そうだ。お糸さんか」

源九郎は確かめる。

「はい」

「場所を変えよう」

源九郎は本堂の裏手に向かった。

人気のない植込みの陰で立ち止まった。

「お糸さん、よく来てくれた。お園さんのことできたいのだ」

源九郎は口にする。

「お糸さんのことは姉から聞いていました。一番仲がいいと」

お清が言う。

「ええ、仲良くさせていただきました」

「私は姉があんな死に方をするとは思えないのです」

お清が不審を口にすると、

「違います。あれは情死ではありません」

お糸ははっきり言った。

「どうして、そう思うのだ?」

源九郎は口を入れた。

「お園さんと鶴島新治郎さんはそういう仲ではなかったからです。お園さんには別に好きなひとがいましたから」

「誰か」

「早川弥二郎さまという旗本のご次男です」

「はい。早川さまは三か月前に、十徳姿の絵師に連れられてはじめて『月乃家』にいらっしゃいました。そのとき、最初にお席に着いたのは私ですが、あとでお園さんと代わりました」

お糸ははっきり言う。

「絵師といっしょ？　侍同士ではなかったのか」

「はい」

「早川弥二郎はその後も何度か『月乃家』に？」

「早川さまはお園さんのことが忘れられなかったらしく、その後二度ほどおひとりでいらっしゃったようです」

「二度？　すると最近は来ていない？」

「はい。ふたりは外で会っていたようです。お園さんも早川さまに惹かれて」

お糸はしんみりとなった。

「ふたりはどこで会っていたのだ？」

「入谷だとお園さんは言ってました。入谷のどこかは聞いていません」

「入谷か。早川弥二郎の屋敷はその近辺にあったのか」

「部屋住の侍か」

「そうだと思います」

源九郎はそれでお園が入谷に向かったわけがわかったと思った。

「早川弥二郎はどんな男だ？」

「きりりとした顔だちで、役者のようないい男でした。二十七、八だと思います」

「お園が亡くなって、早川はどうしているのだろう」

「わかりません。私の前にも現れませんから」

「そなたは『月乃家』を辞めたな。どうしてだ？」

「それは……」

お糸は表情を曇らせ、

「私がついたお客さんで商人ふうのひとが、お園と親しかったようだが、お園のことでよけいなことを言わないほうがいいと、お酌をしたときに私の耳元で言ったのです」

「よけいなこととは？」

「早川さまのことです」

「早川のことは黙っていろと、脅したのだな」

「はい」

「どんな男だ？」

「三十過ぎの商人の格好でしたが、目は怖いほど鋭くて」

お糸は肩をすくめた。

「その後も、しばらく毎日のようにお店に来て……。同心の旦那や親分さんから、お園さんと鶴島さんとの関係をきかれましたが、そのお客のことが怖くてほんとうのことを言えませんでした。そんなことがあって、怖くなって辞めていったんです」

「その客は何者だ?」

「わかりません」

お糸は首を横に振ったが、

「でも、お園さんを殺した仲間としか考えられません」

お糸は怯えるように言った。

「そなたも、お園は殺されたと思っているのだな」

「はい。そうとしか考えられません」

「お園に殺されなくてはならないわけなどないだろう」

「ええ、ありません」

「まさか、早川弥二郎との付き合いが、その理由ではないだろう」

源九郎はその可能性を考えながら、

「早川弥二郎についてもっと何か聞いていないか」

源九郎はきいた。

「いえ」

「早川弥二郎といっしょにきた絵師の名はわからぬか」

「狩野なんとかと言ってましたが……」

狩野派の絵師だろうか。

「絵師の顔の特徴は何か覚えていないか」

「耳がとても大きかったことと鼻が鷲鼻だったことが印象に残っています」

「その後、その絵師は一度も来ていないのだな」

源九郎は確かめる。

「はい。お見えではないと思います」

「そのふたりは『月乃家』にはじめて上がったのだな」

源九郎はさらにきいた。

「そうです。はじめてだと仰っていました」

「お園がその席に着いたのは偶然か」

源九郎は何気なくきいた。

「いえ、絵師のお方が、お園さんを呼んでくれと仰ったんです。それで、私はお園さんと代わったのです」

「絵師が？」

「はい」

「誰かから聞いたそうです。それで、顔を見てみたいと。いつか、お園さんを絵にしたいからと」

「絵師はお園を知っていたのか」

源九郎は呟いた。

「で、絵師がお園を絵にするという話はなかったのだな」

「ええ、ありませんでした」

お糸は言ってから、お清に顔を向け、

「お清さん。ごめんなさい。私が早川さんのことを早く口にしていたら、情死として始末されなかったでしょうに」

と、悔やむように言う。

「いえ、お糸さんにも危険が及んでいたかもしれないんです。仕方ありません」

お清はなぐさめるように言う。

「それに、早川のことを口にしていたとしても、結果は変わらなかったはずだ。鶴島新治郎の無理心中ということになっただろう」

源九郎はやりきれないように言ってから、

「他にきいておきたいことは？」

と、お清に目をやった。

「いえ。だいじょうぶです」

「大事な話を聞かせてもらった。これから、万が一、そなたに会いたいときはどうしたらいいか」

源九郎はきいた。

「それは……」

お糸は困ったように俯いた。

「決して他の者に知られないようにする」

お糸は考え込む仕種（しぐさ）をした。

源九郎はじっと待った。

やっと、お糸は顔を上げた。

「私は木挽町の『よし竹』という料理屋に、お静という名で住み込んでいます」

「『よし竹』のお静さんだな」

「はい。では、私はこれで」

「すまなかった」

お糸の後ろ姿を見送りながら、

「やっぱり、姉は殺されたのですね」

と、お清は声を絞り出すように言った。

「お園に殺される理由はない。敵の狙いは鶴島新治郎だったかもしれない。殺しではなく、自ら死んだことにする必要があり、お園が利用されたのだろう」

だが、その証はない。

「さあ、我らも引き上げよう」

源九郎はお清とともに山門に向かった。

新たに山門を入ってくる参拝客がいる。宗匠頭巾をかぶった俳諧師らしい羽織姿の男がすれ違うとき源九郎の顔を見ていた。

源九郎には心当たりのない男だ。すれ違ったあとも、男の視線を感じた。山門を出るとき、振り返った。

宗匠頭巾の男がこちらを見ていた。四十前後か。

源九郎はわざとお清に近寄り、

「すまない。しばらく辛抱してくれ」

と言い、体をつけるようにして歩いた。

視線が消えてから、源九郎はあわててお清から離れた。

「すまなかった」

「いえ」

お清は不思議そうな顔をし、

「どうかなさったのですか」

と、きいた。

「なんでもない」

源九郎はため息混じりに言う。

この辺りまでくると、芝に近い。飯倉までは距離があるが、それでも危険な場所だ。知っている人物に会う危険性もある。

仇討ちの決闘をしたのは溜池の馬場だ。たくさんの見物人が押しかけていた、その中には、源九郎こと松沼平八郎の顔を覚えている者もいただろう。

見物人は武士だけでなく、町人もいた。さっきの宗匠頭巾の男もそのひとりだったかもしれない。

源九郎を見て、おやっと思ったのではないか。仇討ちの松沼平八郎に似ていると。松沼平八郎は死んだことになっている。しかし、それは平八郎に関わる者たちに伝わっているだろうが、町のひとたちが皆知っているわけではない。

仇討ちの決闘を見ていた者は、松沼平八郎のことを印象に残しただろう。だが、その後、平八郎がどうなったか知っているだろうか。

源九郎は来た道を戻りながら、背後に気を配った。つけられている気配はなかった。

第三章　岡っ引き

一

翌日、源九郎は入谷の周辺を歩き回っていた。入谷田圃に出ると、いくつか旗本屋敷が見えるが、早川家ではない。

辻番所があれば、番人にきいてみた。皆、首を横に振った。

気になるのは早川弥二郎が実の名かどうかだが、お園に対して嘘を言うとは思えず、なおも旗本の早川家を探した。

しかし、早川という旗本の屋敷は見つからなかった。寺が密集した場所を過ぎると、小禄の武家屋敷が建ち並んでいる。そこにも、早川家はなかった。

吉原の近くにある武家地にも行った。通りすがりの者に、二十七、八の、きりりとした役者のようないい男の武士を知らないかときいたが、手応えはなかった。さらに、二か月近く前から消息のわからなくなった侍の噂なども誰も聞いていなかった。

早川弥二郎はあれきり姿を消している。お園が亡くなったことを知れば、もっと騒ぎ立てるはずだ。なぜ、沈黙を守っているのか。

源九郎は暗い想像をしている。

敵の狙いは、早川弥二郎やお園ではない。鶴島新治郎だ。

情死に見せかけて鶴島新治郎を始末する。お園は鶴島の相手に選ばれた。さらに、お園と恋仲であった早川弥二郎は邪魔な存在として殺されてどこかに埋められている。そんな気がしている。

早川弥二郎の家族は弥二郎が姿を消したことで何らかの動きをすると思うのだが、それらしき話はない。もっとも、源九郎たちの耳に入ってこないだけで、周辺では皆知っていることかもしれない。

源九郎は入谷田圃を前にして立ち止まった。夕闇が降り、あちこちから明かりが灯りだした。明るく輝いているのは吉原だ。

一日中、歩き回ったが、何も摑めなかった。所詮、源九郎ひとりの力では限界があった。浪人だと、相手の態度も違う。真面目に答えてくれているかわからなかった。

よしと、源九郎は腹を決めた。その場を離れると、三ノ輪に足を向けた。

三ノ輪に入ったとき、暮六つ（夜六時）の鐘が聞こえた。

途中で場所を聞き、岡っ引きの彦三の家に辿り着いた。

戸を開け、ごめんと声をかける。

はあいと声がして、三十半ばぐらいの女が出てきた。

源九郎は土間に立ち、

「拙者、流源九郎と申す。彦三親分はお帰りか」

と、大きな声を出した。

突然、何かを蹴飛ばしたような音がして、奥から泡を食ったように男が飛び出してきた。三十半ば。中肉中背で、四角い顔に大きな目をしている。

「彦三親分か。拙者、流源九郎と申す」

「何の用だ？」

彦三の声は上擦っている。

「拙者のことを調べているようなので、こちらから参上した」

「別に調べているわけじゃ……」

「それとは別に、親分に相談がある」

「相談ってなんですね」

と、彦三は警戒するようにきいた。

「お園と鶴島新治郎の件だ」

「その件はもうけりがついている。今さら、調べ直したってどうにでもなるものじゃありませんぜ」

「わかっている。その上での相談だ」

源九郎は腰の刀を外し、上がり框に座ろうとした。

「ちっ」

彦三は舌打ちし、

「上がってくださいな」

と、折れたように言う。

「いや、ここでいい」

源九郎は上がり框に勝手に腰を下ろした。

彦三は少し離れて正座をした。

「親分がすでに調べたとおり、拙者はお清に頼まれて、お園の情死を調べている」

「調べるも何も、鶴島新治郎がお園を殺して自刃したってことですぜ」

彦三は言い切る。

「親分はほんとうにそう思っているのか」

「そりゃそうですぜ。あっしも調べたんだ」

「だったら、なぜ、拙者のことを気にする？」

「えっ？」

「拙者がお清と共に調べていることが気になるのは、既に親分の中に納得いかないものがあったからではないのか」

「…………」

「お園には他に好きな男がいたんだ。お園は常に誰かに見張られているようだと、お清に不安を口にしていた。親分もこのことは」

「流さま」

彦三は口をはさんだ。

「そのふたつとも、お清が言っているだけですぜ」

「お清が嘘をついていると思うか。何のために嘘をつくと？」

「いや、お園がいい加減なことを……」

「お園が何のために？」

「それは……」

「親分、どうだね、素直に腹を割って話そうではないか」

源九郎は真顔になって、

「拙者もお清も、奉行所の裁定を覆そうなんて思ってはおらぬ。ただ、ほんとうのことを知りたいだけだ。だから、親分だけにわかってもらいたいのだ」

「あっしだけとは？」

「町廻りの同心には内証で手伝って欲しいのだ」

「寺本の旦那に黙って、手伝えと？」

「寺本と言うのか」

「ええ、寺本郁太郎です」

「そうだ。親分だって、何かもやもやしているはずだ。それを取り除くためにも手を貸してもらいたい」

源九郎は彦三の目を見つめ、

「じつは、お清があることを思いだした。三か月ほど前、『月乃家』に十徳姿の絵師が早川弥二郎という侍と来たそうだ。早川弥二郎は二十七、八歳で、きりりとした役者のようないい男だったそうだ」

お糸のことを隠すために、お清が思いだしたことにしたのだ。

「お清はこの早川弥二郎がお園の相手の男ではないかと言うのだ」

「しかし、早川弥二郎って名は調べの中で出てきませんでしたぜ」

「早川弥二郎は旗本の部屋住らしい。お園が身分違いを悩んでいたとしたら、鶴島新治郎ではなく早川弥二郎のほうではないか」

「流さま。変ですぜ。早川弥二郎がほんとうの相手だったら、なぜ、お園が殺されたのに黙っているんですかえ」

「そこだ」

源九郎は表情を曇らせ、

「早川弥二郎は出てこられないのではないか」

と、想像を口にした。

「出てこられない？」

「はっきり言おう。殺されてどこかに埋められているのではないか」

「なんですって」

彦三は目を剝き、

「考えすぎでしょう」

「だから、親分に調べてもらいたいんだ。あくまでも、同心には内証で」

「なぜ、内証なんです？」

「奉行所は美穂藩江間家から鶴島新治郎の死を隠すように頼まれ、そのとおりにしている。調べ直して、鶴島新治郎の死に新たな事実が見つかっても困るはずだ。だから、こっちが調べだしたら止めさせようとするだろう」

「旦那に隠れて、流さまに手を貸せと言うんですね」

彦三は呆れたように言う。

「そうだ。真実を探るためだ」

源九郎は鋭く言い、

「あっしに同心の旦那を裏切れと……」

彦三は憤然と言う。

「真実を探るためだ」

源九郎はもう一度言う。

「拙者の見立てでは、下手人の真の狙いは鶴島新治郎だ。下手人にとって、鶴島新治郎は生きていられては困る事態になっていたのだ。殺しと疑われないように、お園を利用したのだ。下手人といってもひとりやふたりではない」

「鶴島新治郎が狙いだとしたら、下手人は江間家……」

彦三は言う。

「いや、江間家の仕業なら上屋敷内で密かにやるはずだ」

「では外部の……」

「そうだ。ある人物にとって、鶴島新治郎は危険な存在になった。ただ、殺しだとわかれば、江間家のほうも探索をはじめる。そうさせないために、情死に偽装したというのが、拙者の見立てだ」

「下手人はかなり大がかりな……」

いつの間にか彦三は足を崩し、あぐらをかいていた。

「そうだ。江間家と対立する何者かの仕業だ。しかし、その対立に、罪もないお園を巻き添えにしたのだとしたら許せない」

「江間家と対立するというのはいったいどんな輩(やから)なのですかえ」

彦三は疑問を口にした。

「わからぬ。同じ大名か、それとも……」

「それとも？」

「いや」

高見尚吾が懸念していた公儀隠密と言おうとしたが、そのことはまだ口にすべきではないと思った。

「曖昧模糊としていますが、何から調べるつもりですかえ」

彦三は身を乗り出してきた。

「さっき話した早川弥二郎だ。旗本の部屋住だというが、小禄の旗本だろう。この早川弥二郎は殺されているかもしれない。行方不明になっている部屋住がいないか。それから、『月乃家』に鶴島新治郎といっしょにやってきていたふたりの侍だ。このふたりから話を聞いてみたい」

そのふたりのことは、高見尚吾にきけばいいが、源九郎と美穂藩江間家との関係は誰にも嗅ぎつけられてはだめなのだ。

「彦三親分はそのふたりの名を知っているのではないか。当然、ふたりに会っている」

「ええ」

「ふたりの名は？」

「小柳文蔵と森鉄之進です」

「このふたりは、鶴島新治郎がお園に夢中だったと証言したのだな」

「そうです。はっきり言いましたぜ」

「ふたりが好き合っているということも？」

「ええ。ときたま、お園と会っていたと。それだから、情死を疑うことはなかったのです」

彦三はふと眉根を寄せ、

「まさか、このふたりが嘘をついていると」

「そこはわからない。嘘をついていたとしたら、ふたりは下手人の仲間ということになる。ふたりが江間家においてどのような立場にある者なのか、そのことも知りたい」

「ふたりは、その後、『月乃家』に顔を出していませんぜ。鶴島新治郎が死んで、もう役割を終えたからとも考えられるんじゃありませんか」

「いや、江間家のほうは鶴島新治郎は情死をしたと思っているのではないか。だとしたら、家老から家中の者に料理屋に遊びに行くなと厳命されているのかもしれない」

「そうですな」

彦三は素直に応じる。

「どうだ、親分。手を貸してもらえないか」

源九郎は改めて頼んだ。

「流さま、お気持ちはよくわかりました。でも、あっしの立場として、寺本の旦那を裏切るような真似は出来ません」

「確かに、そのとおりだ。拙者の申し入れははじめから無理だったな」

「お手伝いは出来ませんが、ただ、早川弥二郎という部屋住のことは調べてみます。何かわかったら、長屋に顔を出します」

彦三は言った。

「それはかたじけない」

礼を言い、源九郎は立ち上がった。

源九郎は彦三の家を出て、夜空を明るく染めている吉原の裏を通り、新堀川（しんぼりがわ）方面に向かった。

田圃の中の一本道だ。背後から急ぎ足で男が近づいてきて、そのまま源九郎を追い抜いて行った。印半纏の職人ふうの男だ。

やがて、寺地の中に入った。寺が建ち並んでいる。人通りもなく、冷たい風が吹いている。

新堀川の川端に出たとき、柳の木の陰でふたつの黒い影が動いた。

源九郎は足を止めた。長身の覆面の侍が現れた。

無言で立ちふさがる。

「誰だ、あんたは？」

源九郎は誰何（すいか）する。

返事はない。

侍は刀を抜いた。

源九郎も刀の鯉口（こいぐち）を切った。

相手はいきなり上段から斬り込んできた。源九郎は抜刀し、相手の剣を払う。相手は続けざまに斬り込み、源九郎は何度も弾き返す。

相手が後退って正眼に構え直した。

「誰に頼まれた？」

源九郎は問いかける。

そのとき、ぴいっと夜陰を裂いて指笛が鳴った。さっき追い越して行った職人ふうの男だ。

「いずれ相まみえよう」

覆面の侍は刀を引いて踵を返した。

ふたりは暗闇に消えて行った。辺りを見回したが、誰かが通り掛かった様子はない。

なぜ、ふたりは中途半端に逃げだしたのか。

逃げる合図をしたのは職人の格好をした男だ。むろんほんとうの職人ではない。いったい何者なのか。

源九郎と知ってのことに違いない。

一瞬、一刀流の大河原三蔵剣術道場の師範代である右田惣兵衛が意趣返しにこの侍を寄越したのかと思った。

しかし、単独で襲ってきた。仕返しなら仲間を揃えるはずではないか。あるいは本所の御家人。

まるで源九郎の腕を確かめることが狙いのようだった。

（まさか）

源九郎はあることに思いが行った。

築地本願寺ですれ違った俳諧師らしい宗匠頭巾の男だ。じっと源九郎の顔を見ていた。松沼平八郎に似ていると思ったのではないか。

あの頃と今では風貌は変わっている。しかし、顔つきは大きく変わってはいまい。

源九郎が松沼平八郎であることを確かめるにはどうすべきか。

源九郎の剣捌きを見ようとしたのではないか。

二

翌日、彦三は薬研堀にある『月乃家』の門をくぐった。明け方は肌寒いくらいだったが、陽が上るにつれ暖かくなってきた。

庭を掃除している半纏姿の男に、女将への取次ぎを頼んだ。

土間に入って待っていると、女将がやってきた。

「これは親分さん」

女将は愛想笑いをした。

「ちときぎたいんだが、ここに早川弥二郎という侍が来ていたかどうか」

「早川弥二郎さまですか」

「二十七、八歳で、きりりとした役者のようないい男だ」

女将はあっと声を上げた。

「覚えていたか」

「三か月ほど前に、何度かいらっしゃっていました。でも、その後は一度もお見えになっていないはずです」

「誰がついた？」

「……お園です」

「最初は誰ときた？」

「確か、絵師のお方とふたりで」

女将は思いだすように言う。

「絵師と武士か。妙な取り合わせだな」

「そうですね」

「その後もふたりで来たのかえ」

「いえ、おひとりでした」

「ついたのは？」

「お園です」

「早川弥二郎はお園を気に入ったのか」

「でも、二度ほどでもういらっしゃらなくなりました」

「お園と外で会うようになっていたとは思えないか」

「…………」

女将の顔色が変わった。

「どうした？」

「いえ」

「会うようになっていたんだな？」

「お見えにならなくなったので、ひょっとしたらと思って。お園に確かめたことがあります。会っていないと、お園は否定しましたので、それを信じて……。それに、その頃は、鶴島新治郎さんがよくいらっしゃっていましたので」

女将は不安そうな顔で、

「早川さまが何か」

「いや」

彦三は曖昧に言い、

「ここには大名家の留守居役や旗本などもやってくるだろうが、ただ食いをしようというなりすましがやってくることはないのか」

と、改めてきいた。

「そのために武鑑で調べます」

「なるほど。では、早川弥二郎はほんとうに旗本の部屋住だったのだな」

「はい。だと思います」

「だと思う、というのは？」

「武鑑に旗本の早川さまは何人か載っていましたが、弥二郎さまの名はありません。嫡子ではないからかもしれません。でも、早川家はちゃんとありましたから」

「屋敷はどこだ？」

「確か本郷だったと思います」

「本郷か。当主の名はわかるか」

「いえ」

「まあ、武鑑で本郷の早川家を調べればいいことだ」

「親分さん」

また、女将は落ち着かぬげに、

「先日の流源九郎という浪人のことといい、やっぱり何かあるんじゃないですか」

と、食い下がってきた。

「念のために調べているだけだ」

彦三は言い、

「その後、美穂藩江間家の家臣はやってきていないか」

と、きいた。

「ええ、いらっしゃいません。あんな不祥事があったので、外出を禁じられているのでしょうか」

女将は想像を言う。

「おそらくな。だが、もうしばらくしてほとぼりが冷めたらまたやって来るだろうよ」

彦三は言い、『月乃家』をあとにした。


彦三は下谷坂本町の自身番で、寺本と落ち合った。

「旦那。流源九郎のことを調べていて小耳に挟んだんですが、三か月ほど前、『月乃家』に早川弥二郎という旗本の部屋住が来ていたそうです。この侍っていうのが、役者のようないい男だそうです」

彦三はお園との関係を語り、

「お園は早川弥二郎と親しかったそうです。お清が言っていた、お園が付き合っていた男というのは早川弥二郎ではなかったかと」

と、付け加えた。

「彦三」

寺本は厳しい顔で遮った。

「彦三。お園の件はもういい」

「でも、流源九郎は……」

「この件に関わるなと上役が言われた」

「えっ？　それはいつのことですか」

「今朝だ」

「今朝？」

「奉行所に出仕したら、与力どのに呼ばれてな」

「なぜ、与力どのが今頃、そんなことを？」

「わからぬ。だが、情死を調べている流源九郎のことを知り、美穂藩江間家の留守居役が奉行所に釘を刺したのだろう」

寺本は言ってから、

「それより、俺の朋輩が流源九郎のことを調べるように命じられたそうだ」

「調べる？」

彦三は不思議そうに、

「あっしが調べたこと以上にですか」

と、きいた。

「流源九郎がどこの藩にいたのか、なぜ、禄を離れたのかを調べろというのだ」

「…………」

「調べを命じられたのは芝方面を受け持っている武井どのだ」

芝・高輪方面を受け持っている定町廻り同心の武井繁太郎が流源九郎を調べることになったという。

「なぜ、武井さまが調べるのでしょうか」

「わからぬ」

寺本は顔をしかめ、

「それで、武井どのが、そなたから話が聞きたいそうだ。わかったことを話してやってくれ」

「話すと言っても、旦那に説明したことで全部ですぜ。もし、旦那が武井さまに話していたら、同じことの繰り返しになりますが」

「それでも、実際に調べた者から聞きたいのだろ」

「わかりやした」

「さっそくだが、これから武井どのに会ってきてくれるか」

「ずいぶん急ですね」

彦三は半ば呆れた。

「うむ。武井どのは米沢町の自身番に昼過ぎに行くそうだ」

「じゃあ、さっそく行かないと」

「うむ。頼んだ」


半刻（一時間）後、彦三はひとりで米沢町にやってきた。

玉砂利を踏んで番屋に行くと、上がり框に巻羽織の三十過ぎの同心が座っていた。

「失礼ですが、武井さまで」

彦三が声をかけるや、

「彦三か」

と、声が返ってきた。

「へえ、寺本の旦那から言われて」

「待っていた」

武井は立ち上がった。

家主に声をかけて、武井は番屋を離れた。

「聞いたと思うが、流源九郎のことを知りたい」

「へえ。でも、なぜ？」

彦三はきいた。

「じつは俺にもよくわからんのだ」

「えっ？」

「上役からいきなり言われた」

「そうなんですか」

彦三は首をひねった。

武井は米沢町の通りをさっさと歩いて行く。

「武井の旦那、どちらへ？」

「蕎麦でも食いながら話を聞こう」

武井は町の中ほどにある蕎麦屋の暖簾をくぐった。

昼を過ぎているが、客は多く、酒を呑んでいたり、蕎麦を食べていたりする。

「自身番で、二階に小部屋があると聞いたが」

武井は亭主らしき男にきいた。

「ちょうど、前のお客がお帰りになったところで。どうぞ」

亭主は奥の階段を先に上がった。

彦三は武井について二階に行く。とば口にあった部屋に入って、正面の窓を背に武井が座り、向かいに彦三が腰を下ろした。

「酒とつまみを」

武井は亭主に頼んだ。

「流源九郎については、寺本の旦那からお聞きになったと思いますが」

彦三は口を開いた。

「聞いた。じつは、遠くから顔を見てみたいのだ」

「顔を？」

「どんな男か知っておきたい」

「いったい、流源九郎に何があるのですか」

「わからん」

武井はあっさり言う。

「上役は俺に流源九郎の顔を覚えておくようにと命じたが、上役も上から頼まれただけで、なんのためかということまでわかっていない」

「そうですか。妙な話ですね」

彦三は首をひねった。

「失礼します」

廊下から声がして障子が開いた。

小女が酒肴を運んできた。

「すまない」

武井は小女に言い、徳利をつまんだ。

「手酌でいこう」

「へい」

彦三も猪口に酒を注いだ。

「武井の旦那。あとで流源九郎のところまでご案内いたします。その代わりといってはなんですが、お願いが」

「なんだ?」

「早川弥二郎という旗本の部屋住のことを知りたいのです。二十七、八歳で、役者のようないい男だそうで」

「寺本どのがいるではないか」

「じつは寺本の旦那は上から……」

「美穂藩江間家の家臣が情死した件だな」

「そうです」

「その件で、流源九郎が首を突っ込んでいるのだな」

「経緯をご存じで？」

「寺本どのからきいた」

武井は言う。

「そうです。寺本の旦那から流源九郎のことを調べろと言われたんですが、今になって取りやめ。そしたら、武井の旦那が流源九郎を調べていると。いったい、どうなっているんですかねえ」

彦三は酒を喉に流し込んだ。

「そなたが戸惑うのは無理もない」

武井は頷き、

「早川弥二郎のことは任せておけ」

「お願いします」

徳利が空になって、最後にしっぽく蕎麦を食べて店を出た。

「馳走になってよろしいんで」

彦三は恐縮して言う。

「なに、ほんの礼だ」

武井は言い、

「では、流源九郎のところに案内してもらおうか」

と、促した。

「へえ」

彦三は浅草御門に足を向けた。

陽はだいぶ傾いていた。

「元鳥越町の万年長屋に住んでいます」

「まだ、帰っていないかもしれぬな」

「お園の件で歩き回っているかもしれませんが、念のために行ってみましょう」

ふたりは浅草御門をくぐり、御蔵前の近くで左に折れた。

「今日は遠くから顔を見るだけにしておく」

「わかりました」

鳥越神社が見えてきたとき、彦三はあっと叫んだ。

「流源九郎がやってきます」

「なに」

ふたりはあわてて荒物屋の角に隠れた。

源九郎が目の前を横切っていく。武井が恐ろしい形相で、通り過ぎて行く源九郎の横顔を見つめている。

「行きつけの呑み屋ですぜ」

源九郎は鳥越神社のほうに曲がった。

源九郎が遠ざかってから、ふたりは荒物屋の陰から出た。

『呑兵衛』の赤提灯が揺れている。源九郎が入って行くのが見えた。

ふたりは『呑兵衛』の戸口に立った。彦三が戸の隙間から中を覗く。源九郎は小上がりで顔をこちらに向けて座っていた。

「小上がりでこちらに顔を向けています」

武井に代わった。

武井はやはり険しい顔つきでじっと隙間から覗いていた。

やがて、戸口から離れた。

「引き上げよう」

武井は言う。

「いかがでしたか」

「わからん」

「えっ？」

源九郎の印象を聞いたのだが、武井の返事がずれているように思えた。

「いや、なんでもない」

武井はあわてて言い、

「そなたは三ノ輪だったな、ここで別れよう」

「へえ」

「ご苦労だった。早川弥二郎のことは調べておく」

武井は蔵前の通りに入ると足早になった。

流源九郎を見つめる目は異様な気がした。武井は源九郎のことを知っているのだろうか。武井の姿が見えなくなって、彦三は踵を返した。

そのとたん、あっと声を上げた。

流源九郎が立っていた。

「…………」

彦三は声を失っていた。

「親分、いっしょにいた同心は誰だ?」

源九郎は鋭い顔できいた。

「気づいていたんですかえ」

「荒物屋の陰から見ていたな。で、『呑兵衛』の戸口から覗いていた」

「へえ。恐れ入りやした」

彦三は舌を巻いた。

「で、誰だ?」

「あの同心は武井繁太郎さまと仰います。上役から流さまのことを調べるように命じられたそうです」

「上役から?」

「へえ、どんなわけかは知らされていないそうです。ともかく、一度、顔を見たいというので案内を……」

「そうか。わかった」

源九郎は厳しい顔で踵を返し、『呑兵衛』に戻って行った。

彦三は茫然と後ろ姿を見送った。

三

喧騒は考え事をするのにちょうどよい。馴染みの連中で、『呑兵衛』は混んでいた。座る場所もなく立ったままの客もいた。

武井繁太郎までが現れた。間違いない。流源九郎が松沼平八郎ではないかと疑いを持った者がいるのだ。

武井は義父の小井戸伊十郎が殺された件の探索をした南町定町廻り同心だ。本柳雷之進の仕業だと突き止め、仇討ちのためにいろいろ手を貸してくれた。

武井は源九郎の顔を見て、どう思ったか。似ているというだけで、松沼平八郎だと考えるとは思えないが……。松沼平八郎が播州美穂藩江間家の領内で死んだと武井の耳には入っているはずだ。

だが、ほんとうに死んだのかという疑いを持っていたとしたら……。

徳利を逆さにしたが、一滴も落ちてこない。

「流さん。どうぞ」

横にいた男が自分の徳利を差し出した。

「これはありがたい」

源九郎は猪口を差し出した。

「おや、見かけぬ顔だな」

源九郎は男の顔を見た。四角い顔で鼻が横に広い。

「へえ。いつも、向こうの隅で呑んでいたので」

「そうか」

源九郎は酒を喉に流し込んだ。

「さあ」

「ありがたいが、今夜は退散しよう」

源九郎はよろけながら立ち上がった。

勘定を払い、小女のお玉に見送られて、源九郎は店を出た。

鳥越神社の脇を通る。視線を感じた。あとをつけてくる。だが、襲ってくる気配はない。見張っているようだ。

長屋木戸を入る。自分の家の腰高障子に手をかけて、木戸のほうに目をやった。黒い影がさっと隠れた。

戸を開け、土間に入る。心張り棒をかって、ひんやりした部屋に上がった。

火鉢の灰をかき回して熾火（おきび）を出して炭をくべる。

それにしても妙だ。なぜ、源九郎が松沼平八郎だという疑いをもたれたのか。

いったい誰が源九郎に疑いを抱いたのか。

そもそもは、築地本願寺ですれ違った宗匠頭巾の男からだ。その後、三ノ輪からの帰りに新堀川で待ち伏せていた覆面の侍。あれは源九郎の太刀筋を確かめる狙いだったと思える。そして、今度は同心の武井繁太郎までを送り込んできた。

あの宗匠頭巾の男は何者なのか。浜松藩水島家、あるいは仇討ちの決闘で、本柳雷之進の助っ人だった槍術槍陰流（そういんりゅう）の田村庄兵衛（たむらしょうべえ）、剣術指南役でもあった轟半平太（とどろきはんぺいた）に繋がる者だったか。

少なくとも、溜池の馬場での決闘を見ていた者に違いない。だから、松沼平八郎の顔を知っているのだ。

ただ、何かしっくりしない。宗匠頭巾の男とすれ違って、それほど間もなく待ち伏せの侍や、武井繁太郎が現れた。

早過ぎるのだ。

もしや……。

源九郎はある可能性を考えた。

翌日、源九郎は編笠をかぶり、長屋を出た。何者かがつけてきたが、途中でまいた。その後も尾行には注意を払い、愛宕下にやって来た。さらに用心深く、浜松藩水島家八万石の上屋敷の前を通った。門は閉まり、ひっそりとしている。

表長屋の武者窓から視線を感じたが、たまたま外を眺めていた者が通りがかりに浪人を気にした程度のことだ。

そのまま、上屋敷前を行き過ぎる。増上寺の大伽藍を目に入れながら、神谷町のほうに曲がると切通に出た。

源九郎は立ち止まった。義父の小井戸伊十郎が本柳雷之進に殺された場所だ。伊十郎は浜松藩水島家上屋敷からの帰り、見送りについてきた本柳雷之進の不意打ちに斃れたのだ。

自分の不行跡を伊十郎に叱責された意趣返しということだったが、仇討ち後の藩主忠光公の執拗な攻撃から、源九郎は疑問を持った。

寵愛する家臣の命を奪った松沼平八郎が許せないにしろ、あまりにも忠光公の恨みは凄まじかった。

本柳雷之進が小井戸伊十郎を暗殺した理由は別にあるのではないか。そして、そのことに忠光公が深く絡んでいる。

改めて込み上げてきた義父への思いを振り切り、踵を返そうとしたが、源九郎は自分の意志とは関係なく足が前に進んでいた。

このまま先に向かえば、飯倉四丁目だ。師範代だった三上時次郎が跡を継いでいる小井戸伊十郎道場がある。

そこに妻女の多岐がいる。一目でもいいから会いたいという思いが込み上げてきた。だが、多岐の顔を見たとたん、自分がどんな気持ちになるか。そのことを恐れ、源九郎はあわてて足を止めた。

自分は死んだ人間なのだ。多岐と会ったところでどうにもならない。かえって苦しみを増すだけだ。

源九郎は急いで引き返した。

正体を暴かれてはならない。だから、義父や義弟の伊平太の墓参りにも行けない。疑われるような真似は慎まねばならない。

源九郎は再び愛宕下にある浜松藩水島家の上屋敷の前にやってきた。やはり、長屋の窓から視線を感じた。

源九郎は上屋敷の前を素通りした。

土橋を渡り、三十間堀を木挽橋で越えて、源九郎は築地本願寺にやってきた。山門をくぐる。境内は参詣客が多い。宗匠頭巾の男ともう一度会えるとは思わなかったが、つい辺りをみまわした。

本願寺をあとに大川のほうに足を向けた。ひとりの男があとをつけてくるのがわかった。築地明石町(あかしちょう)を過ぎ、大川端(おおかわばた)を行くと前方に鉄砲洲(てっぽうず)稲荷の杜(もり)が見えてきた。

後ろから行商人の男が足早にやってきて源九郎を追い越して行った。手拭いを吉原被りにし、背中に風呂敷の荷を背負っている。

行商人は稲荷の赤い鳥居をくぐった。

源九郎も鳥居をくぐった。

社殿の裏に行くと、植込みの陰で行商人が待っていた。五郎丸だ。

「よく拙者を見つけたな」

「途中で見失いましたが、ひょっとして芝のほうに行ったのではないかと考え、帰りは木挽橋辺りを通ると見当をつけて」

「たいした勘だ」

源九郎は讃(たた)えた。

「高見さまから様子をと」

五郎丸が口を開いた。

「鶴島新治郎は情死ではない。何らかの秘密を知り、口封じのために殺されたと思われる。その秘密だが、浜松藩水島家が絡んでいる」

「水島家が？」

驚いたようにきくが、五郎丸は煙管をくわえた。端からは、のんびりと休んでいるように見える。

「播州美穂藩の領内に現れた葛城の藤太一味が暗躍しているようだ」

大和の国の山奥に謀略と奸計に長けた忍びの集団があり、そのおかしらが葛城の藤太という。

「なぜ、そう思われるのですか」

五郎丸が尋ねた。

「流源九郎が松沼平八郎ではないかと疑った者がいる」

「ほんとうですか」

「半信半疑で、それを確かめようとして、いろいろ策を繰り出してきている。拙者のことを知っている者だ」

「それが葛城の藤太……」

「あの連中は去年、松沼平八郎の死を確認したあと、新たな命を受けて江戸に出たのだ。それが美穂藩江間家上屋敷内における陰謀だ」

「…………」

「皮肉なものだ。拙者が情死について調べていると同時に、向こうは松沼平八郎ではないかと探ろうとしている。このことから、情死が偽装だとわかったことも因縁を感じる」

「公儀の隠密の仕業ではなかったのですね」

「いや、公儀も関わっている。おそらく、浜松藩水島家と老中はつるんでいる。奉行所も動かしているのだ」

源九郎は芝方面を受け持っている定町廻り同心の武井繁太郎が流源九郎を調べるように命じられたという話をした。老中から何らかの指示が南町奉行にあったに違いない。

「なぜ、武井どのなのですか」

「松沼平八郎と馴染みがあるからだ。武井どのを介して拙者が松沼平八郎であるか否かを確かめようとしているのだ」

「なるほど」

五郎丸は火口に新たな刻みを詰め、手のひらに転がした火種で火をつけた。

「もろもろの起きていることを考えあわせれば、浜松藩水島家は忍びの集団葛城の藤太により美穂藩江間家に何か策略を仕掛けようとしているのだ。そこに老中も絡んでいる。それが何かわからないが、鶴島新治郎はその秘密を知って殺されたのだ」

「つまり、江間家の上屋敷で、葛城の藤太の謀略が静かにはじまっていると？」

「そうだ」

源九郎は言い切り、

「高見さまにお願いしてもらいたい」

と、さらに続ける。

「『月乃家』に鶴島新治郎といっしょに行っていた小柳文蔵と森鉄之進のいずれかから話を聞いてみたい。なんとか、屋敷の外に出すようにしてもらえないかと」

「そのふたりに何か疑いが？」

「いや、ふたりは利用されただけではないかと思っている。そのことを確かめたいのだ」

「わかりました。お伝えします」

五郎丸は応じて、

「流さんの正体が暴かれそうですか」

と、不安そうにきいた。

「いや、半信半疑なのだ。それで、あらゆる手段を講じて確かめようとしている。ただ、武井どのの登場は痛い」

「高見さまにお願いし、なんとかしていただきましょうか」

「いや。かえって、疑われるだけだ」

「そうですね。では、どうするのですか」

「近々、武井どのは拙者の前に現れるだろう。だが、あくまでもとぼけとおすしかない」

ただ、恐れているのは最後の手段として、多岐を連れ出してくることだ。いくらしらを切っても、多岐は自分の夫だとわかるだろう。

それでも、しらを切り通さねばならないのだ。

若い男女の姿が見えた。

「じゃあ、あっしは」

煙管の灰を落して、煙草入れに仕舞い、五郎丸は先にその場から離れて行った。

夕方に長屋に帰った。

戸を開けると、上がり框から男が立ち上がった。

「彦三親分か」

「へえ。勝手に待たせてもらいました。昨日は失礼しました」

源九郎は腰から刀を外して部屋に上がった。

「まあ、座れ」

源九郎も腰を下ろす。

「流さま。じつは昨日の武井の旦那が早川弥二郎のことをさっそく調べてくださいました。早川弥二郎は三百石の旗本早川弥十郎(やじゅうろう)の次男だそうです」

彦三は息を継いで、

「歳は二十七。まさに、きりりとした役者のようないい男だそうです」

「お園の相手の男に間違いないようだ」

源九郎は呟き、

「で、早川は生きているのか」

と、確かめた。

「ええ。達者だそうです」

「なに、元気なのか」

お園が死んだというのに、何とも感じないのか、と源九郎は怒りが込み上げてきた。

「今度、千五百石の旗本蒲原家に婿養子に入ることになったそうです」

「なに、婿養子？」

源九郎は耳を疑った。

「どういうことだ」

混乱した。まさか、お園と付き合っていた早川弥二郎は他人の名を騙っていたのか。

しかし、役者のようないい男だという特徴は一致する。

「ただ、武井の旦那は直接会ったわけではなく、たまたま早川弥二郎を知っている人物から聞いただけだそうです」

「早川弥二郎の屋敷はどこかわかるか」

「本郷です」

「わかった」

「会いに行くんですね」

「会わなければならない」

「あっしもごいっしょします。あっしのほうが話を切り出しやすいですぜ」

「流さまが仰ったとおりですよ。真相を知りたいんです。うちの旦那はもう何も出来ませんから」

源九郎は彦三の目を見つめ、

「よし、そうしてもらおう」

と、応じた。

それから、源九郎は日本橋久松町の長屋にお清を訪ねた。

翌日の朝、源九郎はお清とともに湯島の切通で彦三と手下と落ち合った。そして、四人で坂を上がった。

加賀藩前田家の上屋敷の横を通り、本郷四丁目に出た。そのまま、本郷通りを突っ切って武家地に入って行く。

辻番所の番人に場所を聞き、やっと早川家に辿り着いた。

長屋門で、門番所には門番がいた。

「いいか。『月乃家』の使いの者だと言って早川弥二郎に会い、お園の妹が待っているからと、そこの寺に誘き出すのだ」

彦三が手下に言う。若い男で、岡っ引きの手下には見えない。

「わかりやした。では」

手下は源九郎にも会釈をして門番所に向かった。

源九郎と彦三は近くの寺の境内に入った。

しばらくして、手下がやってきた。

「すぐ来るそうです」

「よし」

源九郎と彦三は鐘楼の陰に身を隠し、お清が手下とともに銀杏(いちょう)の樹のそばにたった。

山門を入ってくる侍がいた、二十七歳、役者のようないい男だが、どこか顔に険があった。

早川はお清と手下にゆっくり近づいた。

「早川さまですね」

お清が一歩前に出て声をかけ、

「お園の妹のお清です」

と、名乗った。

「俺に何の用だ?」

早川が不快そうにきく。

「姉は早川さまの話をよくしていました」

「俺はお園など知らぬ」

早川はしらを切る。

「三か月前、『月乃家』にいらっしゃったとき、お連れの方がお園をよぶように女中に頼んだのではありませんか」

お清は問い詰めるようにきく。

「覚えておらぬ」

「どうぞ、ほんとうのことを」

「ほんとうのことを話しておる」

「姉を知らないのなら、なぜ、わざわざ妹の私に会いにここまで来たのですか。姉の死に、何かやましいことでも」

「ばかな。そんなことがあるわけない。なにやら、誤解しているようなので、それを正そうとやってきたのだ」

早川は声だかに言う。

「あの日も、姉は早川さまに会うために入谷まで行ったんです」

「なんのことだ？」

早川はとぼけた。

「姉はその後、情死に見せかけて殺されました」

「俺はお園と関係ない。お園が付き合っていたのは鶴島新治郎という男だ」

「姉のことを知らないのに、どうして鶴島新治郎とのことを知っているのですか」

「それは……。『月乃家』の女中が武士と情死したことを風の噂で聞いたからだ」

「姉と鶴島さまの関係は嘘です」

お清はきっぱりと言う。

「なぜ、嘘だと思うのだ？」

「姉から鶴島さまの話は聞いたことがありません。姉は早川さまを信じていたんです」

「……………」

早川は苦しそうな顔をした。

「お願いです。姉は何者かに情死に見せかけて殺されたのです。誰が何のために姉を殺したのか知りたいのです」

「はっきり言う。俺はお園と関係ない。もう、俺の前に現れないでくれ」

早川は踵を返した。

「お待ちを」

源九郎が飛び出した。

早川はぎょっとしたように振り返った。

「なんだ、あんたは？」

「お園どのの知り合いです。拙者から、いくつかお訊ねしたい」

「俺は関係ない」

「関係ないなら正直に答えられるはず。早川どのをはじめて『月乃家』に連れて行った十徳姿の絵師は誰か」

源九郎が口にすると、早川は顔色を変えた。

「話す必要はない」

「隠すおつもりか」

「隠すも何も、関係ないから話さないだけだ」

「何と関係ないのか」

源九郎はさらにきいた。

「早川どのは今度、千五百石の旗本蒲原家に婿養子に入ることになったそうですが、その絵師の男の計らいでは？」

「何を言うか」

「早川どの。あなたは絵師の男に言われ、『月乃家』に行き、お園に近づいたのではないか」

「…………」

早川は目を剝いた。

「あなたがわざわざここにやってきたのは、後ろめたい気持ちがあったからではないか。お園に対して気がとがめているからでは？」

「違う」

声は弱々しい。早川は搔きむしるように胸に手をやった。やはり、早川も苦しんでいるのだとわかった。

「早川どの。我らはあなたを責めようというのではない。事実を知りたいのです。あの絵師は何者なのか」

「…………」

「姉のためにも真実を話してください。姉は最後まであなたを信じて入谷まで行ったのですから」

お清が訴えた。

「お園」

早川が声を発して嗚咽をもらした。両肩がはげしく波打っていた。

心の傷が疼いているのだと、源九郎は早川が落ち着くのを待った。

四

早川はようやく口を開いた。

「俺はお園といっしょになるためには武士を捨ててもいいとさえ考えた」

早川はお園との仲を認めたのだ。

「だが、あの男が許さなかった」

「あの男とは絵師か」

「あの男は絵師ではない。河村文太という侍だ。老中に繋がりがある何者かの下で働いている男だ。部屋住で自棄になっている俺に近づいてきて、旗本蒲原家に婿養子に行きたくないかと声をかけてきた。『月乃家』のお園という女中を口説くことが出来たら叶えてやると」

「やはり、そうか」

源九郎は顔をしかめ、

「それで、何度かひとりでお園のところに通い、甘い言葉で誘惑をしたのか」

と、怒りを抑えてきいた。

「最初はそのつもりだったが、いつしか本気になった」

「なぜ、お園とは入谷で会っていたのだ？」

「入谷に、河村文太の住いがあった。お園とはそこでいつも待ち合わせた。朝に落ち合い、夕方までに『月乃家』に帰るようにした」

「河村文太は、そなたが本気になったことに気づいていたのか」

「おそらく」

「お園に近づかせた、河村の狙いにそなたは気づいていなかったのか」

「いや。きいても教えてくれなかった。ただ、お園といい仲になればいいと」

「六月八日、そなたはその家でお園と会ったのか」

「違う。お園があの家に行ったことを知らなかった。俺の知らないうちにお園は誘き出されたのだ」

早川は口から泡を吹くような激しさで訴えた。

「お園が死んだあと、河村が俺の前に現れ、美穂藩江間家の鶴島新治郎がお園と無理心中をしたと告げた」

「鶴島新治郎のことは知っていたのか」

「河村文太から、お園に夢中な侍がいると聞いていた。だが、お園から鶴島新治郎とはそんな仲ではないと聞いていたので、無理心中は嘘だと思い、河村文太を問い詰めた。だが、笑ってとぼけていた」

「最初からお園を巻き添えにして鶴島新治郎を殺すつもりだったのだ。そなたは、その片棒を担がされたのだ」

「…………」

早川は口を開けたが、声にならなかった。

「そなたは河村文太を許したのか」

源九郎は咎めるようにきいた。

「そのころ、河村文太の言うとおり、旗本蒲原家の婿養子の話が進んでいた。お園を失った悲しみの中で俺は……」

「千五百石の旗本蒲原家に養子に入ることを選んだのだな。お園を犠牲にして」

「…………」

早川はくずおれそうになった。

「お園、すまなかった」

再び、早川は嗚咽をもらした。

お清はそんな早川から目を逸らした。

「河村文太は今も入谷にいるのか」

源九郎はきいた。

「もう、いない」

「河村が、なぜ鶴島新治郎を殺そうとしたか。想像つかないか」

「まったく」

早川は首を横に振った。

「河村文太には仲間がいたはずだ。仲間を見かけたことはないか」

「入谷の家で、何人かといっしょに住んでいたようだ」

「河村文太は江戸の者か」

「自分のことはほとんど言わなかったが、『月乃家』で酒を呑みながら伊勢の話をしていた」

「伊勢か」

源九郎は伊勢の文太を思い出した。去年、仇討ちのあとに請われて美穂藩江間家に仕官することになり、播州美穂藩領に向かった。その途上、東海道浜松宿の近くで平八郎の前に現われたのが伊勢の文太だった。後に、葛城の藤太の一味だとわかった。源九郎はおそらく、河村文太は伊勢の文太と名乗った男だと見た。やはり、葛城の藤太の一味が暗躍していたのは間違いないようだ。

伊勢の文太は源九郎を見て、松沼平八郎に似ていると思い、確かめようとしたのだ。松沼平八郎は火事で焼け死んだことになっている。高見尚吾は綿密な計略をめぐらし、謀略と奸計に長けた葛城の藤太一味を欺いたのだ。

だが、源九郎を見て、伊勢の文太は不審を抱いた。なにしろ、平八郎の亡骸を検めたわけではない。

そこで、あらゆる手立てを駆使して、源九郎の正体を暴こうとした。

「お清どの」

早川はお清に顔を向けた。

「すまない。このとおりだ。俺がもっと強い男であったら」

「いいえ。よく、お話しくださいました」

「奉行所に訴え、あらいざらい話す」

早川は悲壮な覚悟で言った。

「いや、無駄だ」

源九郎は言い切った。

「奉行所はこの件について新たな調べをしない。上からの強い働きかけがあるからだ。今さら、早川どのが訴え出ても、相手にされまい」

「それでは、お園が浮かばれない」

早川が呻くように言う。

「お園と鶴島新治郎は河村文太らの謀略によって殺された。しかし、なぜそうしなければならなかったのか、そのわけが明らかにならなければ、早川どのの訴えは戯言と受け止められるだけだ。それだけでなく、河村文太は早川どのを始末しようとするはずだ」

「…………」

早川は顔色を変えた。

「最初に申したように、我らはほんとうのことが知りたかっただけだ。早川どのはこれで新たにご自分の道を歩まれよ。ただ、お園の供養を忘れずに」

「お園どのの墓はどこに？」

早川はきいた。

「深川の大福寺です」

「わかった。今後、お園どのの冥福を祈って生きて行く。失礼する」

早川は引き上げて行った。

「お園の仇は必ず討ってやる」

源九郎は茫然としているお清だけではなく、自分自身にも言いきかせた。

鐘楼の陰から彦三が出てきた。

「流さま。驚きました。河村文太というのは何者なんでしょう?」

「河村文太に仲間が何人かいるはずだ。何らかの理由から鶴島新治郎を始末させたかった人物によって雇われたのだろう。その人物は老中と繋がりがある」

雇ったのは浜松藩水島家だということは口にしなかった。

「ともかく、引き上げよう」

ふと、どこかから射るような視線を感じた。やはり、葛城の藤太一味はこちらの動きを見張っていたようだ。

その夜、『呑兵衛』で呑んで帰ると、職人体の形(なり)をした五郎丸が戸口に顔を出した。

空いた席を見つけるように店の中を見回す。

源九郎と目が合った。目配せをし、五郎丸は戸口から姿を消した。

十分に間をとってから、源九郎は大きなあくびをした。

「眠くなった」

源九郎は立ち上がった。

「お帰りですか」

お玉が近寄ってきた。

「ああ、ここで寝そうだ」

源九郎は銭を置いて戸口に向かった。

夜風はずいぶん冷たくなった。

視線を感じる。五郎丸ではない。ねばりつくような不快な視線だ。昼間、本郷の寺の境内でも感じたものと同じだ。

鳥越神社の脇を行く。玉垣の近くは月明かりが届かず、暗がりが続いている。銀杏の樹が見えた。ちょうど月が雲間に隠れ、辺りが暗くなったとき、源九郎は素早く樹の陰に身を隠した。

商人ふうの男が小走りにやってきた。辺りをきょろきょろしながら、近づいてくる。

源九郎は男の前に飛び出した。

あっと、男が声を上げた。

「拙者に何か用か」

「いや、別に」

男は脇を行き過ぎようとした。

「待て」

源九郎は行く手を遮った。

「昼間、本郷にもいたな」

「………」

「どうなんだ？」

「じつはお侍さんが知り合いに似ていたもので」

「知り合いだと。誰にだ？」

雲から月が現れ、あたりが明るくなった。と、同時に相手の顔がはっきり見えた。

源九郎ははっとしたが、顔には出さなかった。

那須山藩飯野家を脱藩し、仇討ちの助太刀に江戸に向かった初日、宇都宮宿で枕探しを装って襲ってきた旅の男がいた。その男も、後に葛城の藤太一味の者とわかったが、まさに目の前にいるのはその男だった。

「松沼平八郎というお侍です」

「知らぬな」

源九郎はとぼける。

「拙者が松沼某(なにがし)に似ているのか」

「ええ。目鼻だちや……」

「言い訳だな」

源九郎は相手の声を遮った。

「そなたは『月乃家』のお園と鶴島新治郎を情死に見せかけて殺した者の仲間であろう。拙者がそのことを調べているので」

「違います。お侍さんが松沼平八郎ではないかと」

「そなたは松沼某と会ったことはあるのか」

「へえ、去年、宇都宮宿で」

間違いなかった。あのときの男だ。

「お侍さん、あっしの顔に見覚えはありませんかえ」

「ない」

「よくご覧ください。この顔を」

男は顔を突き出し、手で自分の頰を叩いた。

「そんなことより、拙者の問いかけに答えろ。なぜ、鶴島新治郎を殺したのだ？」

「何のことやら」

いきなり、源九郎は抜き打ちに相手を切りつけた。相手は素早く後退った。

「そなた、ただの商人ではないな」

源九郎は八双に構えて迫る。

「おまえたちの仲間は何人だ？」

「何を言っているんだかさっぱり」

男は後ずさりながら言う。

「とぼけたってだめだ。なぜ、鶴島新治郎を殺した？　言わねば斬る」

源九郎が強く言ったとたん、男は踵を返し、来た道を逃げて行った。追いかけても、正直に話すとは思えなかった。

背後に五郎丸が近づいてきた。

「今の男、葛城の藤太一味の者だ」

「葛城の藤太……」

「何度か襲われた。だから、あの者は松沼平八郎の顔を知っているのだ。拙者が松沼平八郎かどうか確かめようとして付け狙っているのだ」

「死んだと信じていたのではないですか」

「半信半疑なのだ。だから、今度は南町の芝、愛宕方面を受け持っている武井繁太郎どのに確かめさせようとしている。仇討ちには力になってもらった御仁だ」

「武井どのの目をごまかせましょうか」

「あくまでもしらを切るしかない」

「ただ、葛城の藤太がそれで納得して引き下がるかどうか」

恩誼に背くことになるが、こればかりは仕方なかった。

妻女の多岐を引っ張りだしてくるのではないかという危惧があった。

「今はそのことより、鶴島新治郎のことだ。鶴島新治郎殺しは葛城の藤太一味の仕業だ。藤太に命じたのは浜松藩水島家」

「なぜ、鶴島新治郎は狙われたのでしょう」

五郎丸がきいた。

「そこがわからない。だが、葛城の藤太一味が動いていることからして、鶴島新治郎は籠絡されていたのかもしれない」

「籠絡？」

「上屋敷に何らかのはかりごとをめぐらすことに知らず知らずのうちに手を貸していた。そのことに気づいて、口封じのために……」

「今のこと、高見さまにお伝えしておきます」

五郎丸は応じ、

「明日の昼前、小柳文蔵と森鉄之進のふたりが深川の下屋敷に行きます。高見さまが用を言いつけたようです」

「わかった」

「では」

五郎丸は暗がりに消えた。

源九郎は長屋に帰った。

ひんやりした部屋に入り、火鉢をかき回しながら、武井繁太郎に思いを馳せた。

武井は源九郎の顔を見たはずだ。松沼平八郎に似ていると思っても、まさか本人だとは考えまい。

しかし、このままでは収まるまい、必ずもう一度やってくる。そして、多岐までが……。源九郎は胸が締めつけられた。

多岐の目はごまかせない。源九郎自身もしらを切り通せるか自信がない。だが、源九郎が松沼平八郎であることは命を懸けても隠し通さねばならない。

もし、このことが明らかになったら、美穂藩江間家が浜松藩水島家を欺いたことになり、老中を巻き込んで公儀に及ぶだろう。

それこそ、美穂藩江間家の存続の危機に直面する。あくまでも、松沼平八郎は死んだことにしなければならないのだ。

五

翌日の昼前、源九郎は永代橋東詰で、小柳文蔵と森鉄之進が下屋敷から帰るのを待っていた。

空は青く澄んでいて、川風が心地好い。

半刻（一時間）前に、ふたりが佐賀町から小名木川沿いにある美穂藩江間家の下屋敷に向かったのを確かめた。

佐賀町のほうから煙草売りの格好をした五郎丸がやってきた。

「来ましたぜ」

源九郎の脇をすれ違いざまに呟いた。

ふたりの顔はさっき五郎丸から教えてもらっていた。

やがて、橋に向かって中肉中背の同じような体つきの武士がやってきた。小柳は丸顔で、森は四角い顔だ。

源九郎は声をかけた。

「失礼ですが、小柳文蔵どのと森鉄之進どのではございませんか」

「そなたは？」

ふたりは不審そうな顔を向けた。

「拙者は流源九郎と申します。鶴島新治郎どのといっしょに死んでいたお園という女中の知り合いでござる」

「お園さんの？」

小柳が眉根を寄せた。

「じつは先ほど上屋敷に訪ねたところ、下屋敷に行かれたというので、失礼ながらここでお待ちしておりました」

「我らに何か」

森が訝(いぶか)しげにきいた。

「向こうに」

源九郎は橋の下に向かった。ふたりはついてくる。

「じつはお園には好きな男がいたのです。鶴島新治郎どのとはそういう仲ではなかったとわかったのです」

川端で立ち止まり、源九郎は口を開いた。

「そんなはずはない。鶴島は自分で言っていた。お園が気に入っていると」

森が言い返す。

「付き合っていると言ったのですか」

「そうだ。ときたま、夜に屋敷を抜け出していた。他の者が一度、鉄砲洲稲荷で鶴島が女といっしょにいるのを見ていた」

「それは夜ですか」

「そうだ、夜だ」

「それはおかしい」

「なぜだ？」

「夜、お園は『月乃家』で働いています。『月乃家』では、鶴島どのがひとりでやってきたことはないと言ってます」

「しかし、現に鶴島は……」

「お園は好きな男とは昼間会っていたようです」

「何が言いたいのだ？」

「鶴島どのが付き合っていた女はお園ではなかった。とすれば、情死するはずはない。ふたりは何者かに殺されたのです」

「なんと」

小柳が唖然とした顔で呟いた。

「そういう目で鶴島どののことを思い返してください。鶴島どのに不審な点はありませんでしたか」

小柳と森は顔を見合せた。

風が出てきたのか、足元に波が押し寄せた。

「鶴島どのはお園と好き合っているとはっきり言ったのですか」

源九郎は確かめる。

「そういえば」

小柳が強張ったような顔を向けた。

「鶴島の口からお園のことを聞いたことはなかった」

「そうだ。俺たちが勝手にお園だと思い込んでいたのかもしれない」

森が小柳の声を引き取り、

「はじめて『月乃家』で会ったときから、鶴島はお園のことが気に入っていた。鶴島に誘われ、何度もお園に会いに行った。だが、いつからか、鶴島は『月乃家』に俺たちを誘わなくなった。鶴島は夜、勝手に屋敷を抜け出ていたので、ひとりでお園に会いに行っているのだと思った」

「そうだ。あるとき、出かけようとした鶴島に、お園に会うのかときいたら、鶴島は曖昧に笑っていた」

小柳がため息をつき、

「鶴島がお園と死んでいたと知って、そこまで思い詰めていたのかと驚いた。鶴島の相手はお園だと信じて疑うことはなかった」

「鶴島どのの相手はお園ではなかったのです」

「では、あのふたりは？」

「何者かに殺されたのです。狙いは鶴島どのです、何か、思い当たる節はありませんか」

小柳は川に目を向け、

「鶴島は死ぬ間際は何かに悩んでいたが、お園のことではなかったのか」

と、呟いた。

「鶴島どのは何かに悩んでいたのですね。その悩みのもとこそ、殺された理由でしょう」

源九郎は言い切り、

「上屋敷にて何か変わったことはありませんか」

と、ふたりの顔を交互に見た。

「変わったこと……」

森が呟く。

「特に変わったことは……」

「鶴島どののお役目は？」

「警護だ。特に奥御殿の」

「では、よく奥御殿のほうに行っていたのですね」

「そうだ」

「………」

源九郎は考え込んだ。

敵は葛城の藤太だ。上屋敷に何かを仕掛けている可能性は高い。それは、美穂藩江間家を貶める狙いのものだ。

「流どのはお園の知り合いだということだが、情死に納得出来ずに調べていたのか」

小柳がきいた。

「ほんとうはお園の妹のお清に頼まれた。お清ははじめから情死を疑っていたのです。お園は鶴島新治郎殺しに利用された。なぜ、そうなったのか、調べて欲しいと頼まれたのです」

「そういうことか」

小柳は呟いた。

「そろそろ帰らぬと」

気がついたように、森が口にした。

「お屋敷内に何か不審なことがないか、気を配ったほうがいいかもしれない」

源九郎はふたりに忠告した。

「わかった」

ふたりは先に引き上げ、源九郎は間を置いて永代橋を渡った。

浜町堀を渡り、日本橋久松町の長屋に寄った。

戸を開けて、土間に入る。お清は仕立ての仕事をしていた。

「流さま」

腰から刀を外して、源九郎は上がり框に腰を下ろした。

「鶴島新治郎といっしょにいたふたり、小柳文蔵と森鉄之進に会ってきた」

ふたりとのやりとりを話した。

「なぜ、鶴島新治郎が殺されねばならないのかはわからないが、お園が利用されて殺されたことは間違いない。だが」

源九郎は間をとり、

「奉行所はもはやこの件は取り扱わないだろう。世間に訴えることは出来ぬ。そのことが残念だ」

と、やりきれないように言う。

「いいえ、何があったのか。ほんとうのことがわかっただけでもよかったと思っています。もう、世間のひとも姉のことなど忘れているでしょうし」

お清は寂しそうに言った。

「明日にでも姉のお墓に報告に行きます」

「拙者も行こう」

源九郎は約束をして引き上げた。

長屋木戸を出たところに武士がふたり立っていた。ひとりは、武井繁太郎だった。もうひとりは見知らぬ男だ。

「流源九郎どのか」

武井が声をかけてきた。

「さよう、流源九郎だが」

源九郎は微塵も動揺した姿を見せず、

「何か拙者に御用か」

と、きいた。

「私は南町定町廻り同心の武井繁太郎と申す。ちと、お尋ねしたいことがあるのですが」

「いいだろう。拙者も南町の同心なら言いたいことがある」

源九郎は強気に出る。

「ここではなんですので」

と、武井は浜町堀まで誘った。

堀の傍で、武井が口を開いた。

「流どのはどこの藩におられたのですか」

「西国だ。藩の名は容赦願いたい。旧主に迷惑をかけたくない」

「なぜ、藩をお離れに？」

「藩のいざこざに巻き込まれたのだ」

源九郎は答えて、

「拙者に何か疑いがかかっているのか」

ときいて、もうひとりの男に目を向けた。

「こちらの御仁は？」

「失礼しました。私の上役です」

「与力どのか」

「私のことは気にしないでもらいたい」

上役の男は一歩下がるように言った。

与力には思えない。与力なら髷も小銀杏。巻羽織の着流しという八丁堀独特の格好がある。この男は与力ではない。なぜ、武井といっしょにいるのか不思議だった。そのことを問いかけようとしたとき、武井が口を開いた。

「去年の秋、ある仇討ちがありました。その仇討ちに、松沼平八郎という剣客が助太刀をし、見事仇討ちを成功に導きました。その働きぶりにより、美穂藩江間家に請われて仕官しました。しかし、不慮の事故でお亡くなりになったという報せが届きました」

「それが何か拙者と関わりが?」

源九郎はあえて口をはさんだ。

「流どのが松沼平八郎どのに似ているという話が耳に入りました」

武井は喋りながら源九郎の顔を見つめている。松沼平八郎の面影を見つけようとしているのか。

「私は松沼平八郎どのと何度かお会いしているので、確かめるようにと言われました」

「そんなに似ているのか」

「似ています」

武井ははっきり言い、

「ただし、印象はまったく違います。松沼どのは気高く穏やかな雰囲気でしたが、流どのはどこか獣のような鋭さを感じます」

「じゃあ、拙者が松沼某ではないとわかったな」

「ええ。武士のときと浪人の今とは環境が大きく違いましょうが、そのことを考えても別人です」

武井はあっさり言い、

「でも、よく似ています。まるで兄弟のように」

と、付け加えた。

上役の男はどこか不満そうな様子だったが、武井には逆らわなかった。

「失礼いたした」

武井は頭を下げ、上役と共に去って行った。

ふたりを見送りながら、源九郎は武井の様子を振り返った。正体を見抜いてやろうという意気ごみはなかった。

もしや、武井は気づいていて、あのような態度に出てくれたのではないか。そのことに間違いないような気がしてきた。

翌朝、源九郎はお清とともに新大橋を渡り、仙台堀の近くにある大福寺に着いた。山門をくぐり、本堂の脇を通って墓地に向かう。

すると、墓石の合間から同心や岡っ引きらしい姿が目に入った。

箒を持った寺男が茫然と立っていたので、源九郎はきいた。

「何かあったのか」

「へえ、お侍さんが死んでいたそうです」

「なに、侍が？」

「姉さんのお墓の辺りです」

お清が驚いたように言う。

「まさか」

源九郎ははっとした。

「行ってみよう」

源九郎はお清を急かした。

墓の間を縫い、お清は墓地の奥に向かった。

お園の墓の前で、同心や岡っ引きらがたむろしていて、その足元に、侍が突っ伏していた。

源九郎は駆け寄った。

「だめだ」

同心が立ちはだかった。

「姉のお墓の前なんです」

お清が訴える。

「あの侍に心当たりがあるのか」

同心がきいた。

「ある」

源九郎は答えた。

「よし」

同心は源九郎とお清を通した。

侍は体をふたつに折り、前に倒れていた。すでに死んでいることは明白だった。

「早川どの」

源九郎は叫んだ。

右手に脇差。腹を切ったのだ。

「どうして」

お清は茫然とした。

「知り合いか」

同心がきいた。

「旗本早川家の次男の弥二郎どのだ」

源九郎が告げ、

「死んだのはいつですか」

と、きいた。

「死後だいぶ経っている。おそらく、昨夜であろう」

「今朝、見つかったのですか」

「そうだ。寺男が見つけた」

同心は答え、

「さっき、姉のお墓と言ったが？」

と、お清に顔を向けた。

「はい。このお方は姉と恋仲でした」

「恋仲？　姉はなんで死んだのだ？」

「殺されたのです」

「殺された？　誰に？」

「わかりません」

「後追い自殺か」

同心は呟いた。

「自分で腹を切ったことに間違いないのですか。どこか不自然な点は？」

源九郎はきいた。

「何者かの手が施されていると？」

同心が眉根を寄せた。

「念のために」

「なぜだ？」

「この墓の主も自害に見せかけて殺されているからです」

「なに」

同心は目を剝いて、

「わかった。その可能性を含めて検死を注意深く行なうが、見た限りでは自ら腹を切ったものと思われる」

源九郎は改めて早川弥二郎の亡骸を見た。

死ぬ必要はなかったのだと、源九郎はやりきれない思いに襲われた。

第四章　襲撃

一

翌日の昼下り、源九郎は湯島天神の鳥居を出て、春木町にやってきた。

酒屋『灘屋』の裏口から庭に入り、植込みの間を縫って離れに行く。

庭先に立つと、中から高見尚吾の声がした。

「入れ」

源九郎は腰の刀を外し、濡縁に上がった。

「失礼します」

障子を開けると、高見尚吾が厳しい顔で座っていた。その向かいに腰を下ろした。

「いろいろご苦労であった」

高見尚吾がねぎらう。

「『月乃家』のお園と恋仲だった旗本の部屋住早川弥二郎が切腹して果てました」

源九郎は早川弥二郎がお園の墓前で腹を切ったことを伝えた。

「早川弥二郎は河村文太という男にお園を誘惑するように唆されたそうです。ですが、お互いに真剣になったということです。そもそも鶴島新治郎がお園を気に入っていたからそのお園に目をつけたのでしょう。だから、お園と鶴島新治郎は情死に偽装して殺されたのです。河村文太というのは私の前に現れた伊勢の文太という男でしょう。情死を企んだのは葛城の藤太一味であることは間違いありません」

源九郎は改めて経緯を話し、

「葛城の藤太一味の雇い主は浜松藩水島家です。藩主の水島忠光公は老中の水島出羽守さまの親戚であることから、葛城の藤太一味は出羽守さまの家来とも通じていると思われます」

と訴え、さらに言った。

「問題は、葛城の藤太が何を企んでいるのかです。おそらく、鶴島新治郎はその企みの秘密を知ってしまったのでしょう」

「なぜ、鶴島は企みを知ったのか」

高見尚吾はきいた。

「鶴島新治郎も片棒を担がされていたのではないでしょうか。もちろん、鶴島は最初はそれがどんな意味を持つかもわからず手を貸していたが、あるとき、何かに気づいた。それで手を引こうとしたか」

「鶴島が何をしたのか」

「鶴島新治郎は最初は『月乃家』の女中お園に惹かれていたようですが、そこにある女が現れたのに違いありません」

「女か」

「おそらく、この女も葛城の藤太一味だと思われます。色仕掛けにより、この女は鶴島新治郎に何らかの働きかけをしていたものと」

「だが、上屋敷に何ら変わったことはないが」

高見尚吾は首を傾げる。

「目に見えないだけかと。葛城の藤太一味は謀略と奸計に長けた忍びの集団です。長い期間に渡り、罠(わな)を仕込んでいるのではないかと。松沼平八郎の件が片づいた十月以降、葛城の藤太は江戸にやってきたのです」

「うむ」

「ひとつ考えられるのは上屋敷に間者を入り込ませているのではないかと」

「間者？」

高見尚吾は顔色を変えた。

「狙いはわかりません。藩主の伊勢守さまはまだ三十四歳と若く、後継問題はまだ先のこと。このことで、御家騒動を勃発させることはありえません。しかし、他に何か御家を揺るがすようなことを仕掛けるとか」

「いや、考えつかぬが」

「鶴島新治郎は警護の侍だそうですね。主に奥御殿のほうの」

「そうだ」

奥御殿は藩主の寝所、奥方の居間、化粧部屋などがある。奥御殿と別棟になっている長局（ながつぼね）の建屋に奥女中やその下役の女中が住んでいる。

「警護の侍はどこにいるのですか」

「表御殿と奥御殿のほうをつなぐ渡り廊下の近くにある詰所にいて、夜中に庭を見廻っている」

「昨年の十月以降、新しく召し抱えた奥女中はおりませんか」

「奥女中？　そういえば、そのような話を聞いたことがある」

「念のために、その女中のことを調べたらいかがでしょうか」

「その女中と鶴島新治郎がどういう関わりがあると思うのだ？」

「色仕掛けで近づいた女からある物を預かり、ひそかに奥女中になりすました間者に渡すということも」

「何を渡すというのだ？」

高見尚吾は厳しい顔できく。

「たとえば、毒です」

「なに、毒？」

源九郎は声を落とし、

「奥方さまか世嗣に毒を盛るとか、あるいは来年の四月に出府される伊勢守さまを狙うために今から工作をしているとか」

「なんと」

高見尚吾は目を剝いた。

「高見さまは以前から美穂藩江間家は老中に目をつけられていると仰っていましたね」

「そうだ。出羽守さまは播州美穂藩の国を狙っている。江間家に少しでも落ち度があれば、そこにつけこもうとしている。減封の上、領地替えだ」

「なぜ、領地替えを？」

「塩田だ。我が藩は隣国の赤穂（あこう）藩から教えを請い、塩の販売が順調だ。もっともそれだけでは潤うまではいかず、財政難はついてまわっている。だが、温暖な土地ゆえ、傍（はた）からはよく見えるのだろう」

「出羽守さまが美穂藩の領地を欲しているのですか」

源九郎はきいた。

「いや。どこかの藩にあてがおうとしているのだ」

「浜松藩水島家ですか」

「そこではないはずだ。藩主の水島忠光公は老中への野心を持っている。わざわざ播州への領地替えなど望むまい。いずれにしろ、その藩が美穂藩に領地替えになれるように恩を売っておけば、何らかの見返りがあると期待しているのではないか」

「その藩は暗躍していないのですね」

「何もしていない。老中の出羽守さまと水島忠光公が勝手に動いていることだ」

「いずれにしろ、今、上屋敷に間者が入り込んでいると思わざるを得ません。つまり、屋敷内で、火種を抱えているようなものです」

「探し出す手掛かりがないか。新しく奉公した奥女中が間者かどうか、どうやって正体を明かすか」

高見尚吾は縋(すが)るようにきいた。

「鶴島新治郎に代わる人間が必要なはずです。鶴島新治郎と同じ警護の侍で、こっそり屋敷を抜け出している者がいないか」

「うむ」

「あと、葛城の藤太一味は私を松沼平八郎ではないかと疑っており、正体を摑もうと私に近づいてきています。そこに、活路を見出せそうです」

葛城の藤太一味の者を捕まえ、口を割らすのだ。

「そなたが松沼平八郎だとわかってはならない」

高見尚吾は厳しい声で言う。

「承知しています」

源九郎は応じる。

「また、連絡する」

高見尚吾は言い、立ち上がった。

が、ふと思いだしたように、

「尚三が会いたがっていた。無理だと言ったが……」

と、呟いた。

尚三は高見尚吾の弟だ。播州美穂藩の国許で世話になった男だ。

「私も会いたい。よろしくお伝えを」

源九郎は頭を下げた。


陽は大きく傾いていた。源九郎は湯島から元鳥越町に帰ってきた。

長屋木戸を入り、自分の住いに帰った。

戸に手をかけたとき、中にひとの気配がした。

戸を開けると、土間に彦三が立っていた。

「親分か」

源九郎は言う。

「へえ。勝手に待たせてもらいました」

「構わん」

源九郎は刀を外して部屋に上がった。

「早川弥二郎が死んだことは驚きました」

彦三が上がり框に腰を下ろして言う。

「婿養子に入っても、お園の冥福を祈ってもらいたいという思いだったが、まさか死を選ぶとはな」

「流さま、そのことでちょっと引っ掛かることが」

彦三は困惑したような顔をした。

「なんだ？」

「深川を縄張りにしている岡っ引きから聞いたのですが、前日の夜、あの寺から数人の男が出てくるのを見ていた者がいたそうです。通りがかりの職人ですが」

「数人の男？」

「ええ」

「やはり、自害には偽装の疑いがあると？」

「同心はその疑いを抱いたそうですが、上からよけいな詮索はするなと言われ、自害で始末したということです」

「その同心はどんなところに疑惑を持ったのだ？」

「数人の男の存在です」

「それだけか」

「そうです」

詳しく早川の亡骸を検めたわけではないが、自ら脇差で自分の腹をかっさばいたように思えた。

それに、今さら、葛城の藤太一味が早川弥二郎を殺さねばならない理由はないと思うのだが……。

ただ、絵師に化けて自分を騙した河村文太に怒りを抱き、お園の復讐を考えた。だから、養子先の蒲原家に河村文太の素姓を問い質しに行った。

それで、殺されたのかもしれない。

「流さま、いずれにしろ、早川弥二郎は自害ということで始末されています」

「許せぬ」

源九郎は河村文太に怒りを向けた。

「婿養子に行くことになっていた蒲原家では早川弥二郎の死をどうとらえているのか」

「蒲原家のほうも驚いているでしょうね」

「蒲原家について、本郷の早川の屋敷できけばわかるかもしれぬな」

「教えてくれるでしょうか」

「ともかく、行ってみる」

源九郎は言った。

翌日の朝、源九郎は本郷にある早川家を訪れた。

門番に、早川弥二郎どのの件で、ご家族の方にお会いしたいと申し入れた。

「おぬしは？」

「流源九郎と申す。早川弥二郎どのがつきあっていた娘の知り合いだとお伝えくだされればおわかりいただけると思います」

「少々お待ちを」

門番は母屋に向かった。

やがて、戻ってきて、

「内玄関にお向かいください」

と、源九郎に告げた。

源九郎は敷石を踏み、玄関の手前で右奥にある内玄関に向かった。

武士なら玄関に通すが、浪人は町人と同じ扱いか。しかし、追い返されると思っていたので意外だった。

源九郎は内玄関の前に立った。そこに、弥二郎より年長の武士が現れた。

「弥二郎の兄の弥一郎でござる」

武士は名乗った。

「拙者、流源九郎と申して……」

「お園の知り合いか」

弥一郎が確かめた。

「お園のことをご存じで？」

「弥二郎から聞いた」

「弥二郎どのから？」

「外に出よう」

弥一郎は言う。

「では、近くの寺の境内でお待ちしています」

「わかった。すぐ行く」

弥一郎はいったん奥に戻った。

源九郎は門を出て、以前に弥二郎と会った寺に向かった。

弥二郎に思いを馳せながら待っていると、弥一郎がやってきた。

すぐに、弥一郎が口を開いた。

「このひと月ほど、弥二郎は何かに悩んでいるようだった。そして、最近になってさらに塞ぎ込んでいるので何があったのかと問い詰めたのだ。なかなか口にしなかったが、やっと自分が嵌められたと打ち明けた」

「嵌められたと言ったのですね」

「そうだ。で、さらにきいたら、お園のことを話してくれた。お園が殺されたと。自分はそのことに加担させられたと」

「河村文太という男のことも？」

「きいた。旗本蒲原家に婿養子に入るという話を持ちだされて、河村文太に言われたようにお園を誘惑したと」

「聞いたのはいつのことですか」

「数日前だ」

「数日前……」

源九郎とお清に会った直後かもしれない。

「お園という女はある侍と情死に偽装されて殺されたそうだが？」

「そのとおりです。河村文太の狙いはその侍を自殺に見せかけて殺すことだったのです」

「弥二郎は蒲原家の養子の話に乗ってしまったのだ」

弥一郎はやりきれないように言う。

「やはり、部屋住であることに焦りを覚えていたのでしょうか」

「以前に婿養子の話があったが、だめになった。弥二郎は色白で女に持てるが、男からは軟弱と見られるのかなかなかよく思われない」

「蒲原家の養子の話はうまくいきそうだったのですね。それで、弥二郎どのは河村文太の言うままに」

源九郎は憤然と言う。

「お園を死なせた負い目を抱えたまま養子に行っていいかどうか、弥二郎は悩んでいたのだ」

「そうでしたか。拙者は弥二郎どのに、養子に行ってもお園の供養を続けるように頼んだのです」

「嘘だったのだ」

弥一郎が険しい顔で言った。

「嘘？ 何がですか」

「蒲原家の話だ」

「どういうことですか」

「弥二郎が死んだことは蒲原家に迷惑をかけたことになる。それで、弥二郎のことをお知らせに上がった。そしたら、そんな話はなかったと」

弥一郎はため息混じりに言った。

「養子の話は嘘だったというのですか。しかし、弥二郎どのは蒲原さまに会っていたのではありませんか。でなければ、信用しないでしょうし」

「蒲原さまは会っていないそうだ」

源九郎はあっと叫んだ。

「では、何者かが蒲原さまになりすまして」

「そうだろう。弥二郎も愚かだ。なりすましの者に騙されるなんて」

「弥二郎どのは最後まで蒲原さまのことを信じていたのでしょうか」

「そうだ」

お園が死んでひと月あまり。その間、弥二郎は偽の蒲原と会っていたのか。偽の蒲原も葛城の藤太の一味の者であろう。

しかし、いつまでも弥二郎を騙し続けることは出来ない。蒲原が偽者と気づくときがくるはずだ。そのとき、葛城の藤太は弥二郎をどうするつもりだったのか。

やはり、最初から殺すつもりだったのだ。

「弥一郎どの」

源九郎は改めて、

「拙者が訪ねたとき、すぐにお会いしてくださった。なぜでしょうか」

と、きいた。

「死ぬ前日、弥二郎が妙なことを申した」

弥一郎は眉間に皺を寄せ、

「もし、流源九郎どのが屋敷を訪ねてきたら、根岸にある『小浜屋』の寮を調べるように、と伝えてもらいたいと」

「根岸にある『小浜屋』の寮?」

根岸には行ったことがないが、鄙びた風光明媚な場所だとは知っていた。

「どういうことかときいたが、流どのに言えばわかると」

「拙者が屋敷を訪ねてきたらと言ったのですね」

「そうだ。妙な言い方をすると思った。弥二郎は死ぬ覚悟が出来ていたのかもしれない」

弥一郎は暗い顔で言った。

「やはり、弥二郎どのは自害だったのでしょうか」

源九郎は首を傾げた。

いや、そうだとしても、自害に追い込まれたのではないか。そのとき、敵の大きさにも気づき、弥二郎は婿養子の話が嘘だと気づいたのかもしれない。

自分が殺されたら、自分は口封じのために殺されると悟ったのだ。

早川家に災いが及ぶ。兄の弥一郎は仇を討とうとするかもしれない。そうなったら、

弥二郎は復讐を源九郎に託した……。

二

本郷からの帰り、源九郎は下谷を通り、三ノ輪に着いた。

彦三の家に寄ったが、彦三は出かけていた。

「根岸にはどう行けばいい」

彦三のかみさんに道をきいた。

源九郎はひとりで根岸の里に向かい、音無川に出た。

東叡山の麓に広がる田園地帯で、商家の寮や妾宅らしい洒落た住いが目についた。文人墨客なども多く住んでいる。

途中、薬売りらしい男とすれ違い、『小浜屋』の寮をきいた。男は雑木林のほうを指差した。

礼を言い、源九郎は雑木林のほうに向かった。

雑木林に入り、源九郎は慎重になった。辺りに目を配り、用心しながら先に進む。

やがて、黒板塀に囲われた大きな二階建ての寮が見えてきた。

門のそばに行ったが、表札はなく、ここが『小浜屋』の寮かわからなかった。源九郎は裏手にまわってみた。

裏口があった。戸に手をかけてみたが、閂がかかっていてびくともしない。

引き返す。ふと、塀越しに二階の部屋が見えた。侍らしき男の姿が見えた。

寮から離れ、源九郎は雑木林を出た。

音無川に沿って歩いていると、前から彦三が歩いてくるのに出会った。

彦三が気がついて駆け寄ってきた。

「うちの奴から聞いて、すぐ追いかけてきました」

「うむ。助かった。『小浜屋』を知っているか」

「『小浜屋』ですかえ。ええ、南伝馬町(みなみでんまちょう)にある紙問屋です。『小浜屋』が何か」

「早川弥二郎の兄弥一郎どのに会ってきた。弥二郎からの言づけで、『小浜屋』の寮を調べろと」

源九郎は弥一郎とのやりとりを話した。

「確かに、雑木林の中にあるのは『小浜屋』の寮です。以前に、この辺りに聞き込みをしたことがありますので、だいたいわかります」

彦三は言ってから、

「なぜ、早川弥二郎は『小浜屋』の寮を調べろと?」

「早川弥二郎は河村文太という男を偶然見かけ、あとをつけたのではないか。そして、『小浜屋』の寮に入って行ったのを見届けた」

「つまり、『小浜屋』の寮が河村文太たちの隠れ家というわけですね」

「そうに違いない」

源九郎は言い切って続けた。

「その前に、『小浜屋』の寮がなぜ、隠れ家になったのかを知りたい」

「『小浜屋』の店を訪ねてみますかえ」

「へたに店の者に声をかけて、文太たちに気づかれてもまずい。逃げられたら、見つけ出すのは容易ではない」

源九郎は言ってから、

「『小浜屋』がどこぞの大名家に出入りをしているという話は聞かないか」

浜松藩水島家の御用商人ではないかと想像した。それならば、葛城の藤太一味が隠れ家に使っていることがわかる。

「さあ、そこまでは。調べてみますか」

「頼む。それから、『小浜屋』の店を見ておきたい」

「案内します」

源九郎は慎重になり、

「いや、親分のことは敵に知られていると考えたほうがいい。別々に動こう」

「『小浜屋』が出入りをしている大名家のことだけでなく、親分はその他の内情も調べてくれないか」

「わかりやした。商売仇の商家から聞いてみます」

いったん三ノ輪の家に帰るという彦三と別れ、源九郎は先に南伝馬町に向かった。

南伝馬町は東海道に面しているので人出が多い。その群れに紛れ込むようにして、源九郎は編笠をかぶって南伝馬町一丁目にある『小浜屋』の前を通る。

大きな屋根看板。間口は広く、長い暖簾がかかっている。店の中も客で繁盛していた。

京橋川の手前で引き返す。

『小浜屋』の店先に駕籠が止まっていた。店から出てきた四十前後と思える羽織姿の男が駕籠に乗り込んだ。番頭らしき男と手代が見送った。おそらく、『小浜屋』の主人と思われた。

源九郎は足を緩めた。駕籠かきが駕籠を担いだ。

駕籠は日本橋のほうに向かった。愛宕下の浜松藩水島家上屋敷は反対方向だ。だが、念のために、源九郎は駕籠のあとをつけた。

日本橋を渡り、さらに室町、本町を過ぎ、須田町から八辻ヶ原を突っ切り、筋違御門をくぐった。

駕籠が行き着いたのは神田明神の参道にある料理屋の前だった。

駕籠から下り、『小浜屋』の主人は料理屋の玄関に向かった。続いて、駕籠がやってきて、商家の主人ふうの男が入っていった。

また少し経ってから駕籠が着いた。五十歳ぐらいの羽織姿の男が下りてきた。寄合か、何かの講か。

手掛かりにならないと思い、引き上げかけたが、何かひっかかることがあって、源九郎は『小浜屋』の主人が出てくるのを待つことにした。

神田明神の境内に入り、拝殿に手を合わせる。尾けてくる者はいない。源九郎は編笠をとって水茶屋に入った。

腰掛けに座り、茶汲み女に甘酒を頼んだ。

運ばれてきた甘酒を口にしたとき、ふいに多岐のことを思いだした。多岐は甘酒を自分で作った。源九郎は多岐の作った甘酒が好きだった。

もう二度と飲むことは出来ないと思うと、胸の底から悲しみが突き上げてきた。松沼平八郎は死んだのだと自分に言いきかせているが、多岐への思いはなくならない。

甘酒を飲み干し、銭を置いて立ち上がった。

茶汲み女の声を背中に聞いて、編笠をかぶる。

鳥居を出て、さっきの料理屋のほうに向かった。すると、料理屋から出てきた武士がいた。源九郎は素早く塀の陰に隠れた。

南町定町廻り同心の武井繁太郎といっしょにいた武士だ。武井は上役だと言ったが、与力ではない。源九郎を見たときの武井繁太郎の反応を確かめるために付き添っていたのだ。葛城の藤太の仲間とは思えないが、浜松藩水島家の家中の者かもしれない。

源九郎は参道を下っていく武士のあとを追い、参道を出たところで声をかけた。

「もし」

武士はふと立ち止まって振り返った。

「わしを呼んだか」

武士は顔を向けた。

「ええ」

源九郎は編笠をとった。

「そなたは……」

「先日、南町の武井繁太郎という同心とごいっしょにお会いしました。流源九郎です」

「何か」

武士は戸惑いぎみにきいた。

「偶然、お見掛けしましたので、つい声をおかけしてしまいました。じつは、あのとき、お名前もお聞きしていませんでしたので、いい機会かと」

源九郎は迫った。

「名乗るほどの者ではない」

「武井という同心は上役と言ってましたが、与力どのには見えないので、気になっていたのです」

「…………」

「どうか、ご尊名を」

「わしの名など聞いても仕方ない」

「しかし、拙者を誰かと間違われたようです。拙者としては気になります。その上、名乗っていただけないとなると、拙者としてもいろいろ邪推をしてしまいます」

「邪推？」

「拙者は、ある情死事件の真相を調べています。拙者が松沼某ではないかと疑うのは口実で、情死事件を調べている拙者のことを……」

「まさに邪推だ。それほど乞うなら仕方ない、わしは門田(かどた)十兵衛(じゅうべえ)だ」

ようやく名乗った。

「直参でしょうか、それとも大名家に？」

浜松藩水島家のご家中かときくわけにはいかなかった。素浪人の流源九郎が浜松藩水島家の名を出すことは不自然だからだ。

「答える必要はない」

「奉行所の同心を動かせるお役目を?」

「動かしてはおらぬ」

「しかし、あの同心は門田どのの指図に従っているように見えました」

源九郎は迫った。

「そなたの勘違いだ。失礼する」

「お待ちを。あの料理屋でどなたとお会いに?」

「わしひとりだ」

「『小浜屋』の主人とでは?」

「なに」

門田はふいをつかれたようにあわてた。

「そうなのですか」

「違う。また、会うこともあろう」

門田十兵衛は源九郎を振り切って立ち去っていった。

夕方、暖簾がかけられたと同時に、源九郎は『呑兵衛』に入った。まだ、客は少ない。源九郎は小上がりで呑みはじめた。

さっき会った門田十兵衛について考えた。奉行所の同心を動かすのは大名では無理だ。門田十兵衛は公儀隠密……。

将軍の命を受けて諸大名の動静を探るお庭番ではないか。狙いは美穂藩江間家だ。江間家領内で死んだことになっている松沼平八郎が生きていたら、江間家は浜松藩水島家や世間を欺いたことになる。

美穂藩江間家を追及出来るのだ。

流源九郎を見て松沼平八郎ではないかと最初に疑ったのは情死事件に関わっている葛城の藤太一味だ。

藤太一味が流源九郎に疑いを向けるのはわかる。だが、公儀隠密の門田十兵衛がそのことに関わるのはなぜか。

答えはひとつだ。葛城の藤太一味と門田十兵衛は繋がっているのだ。すなわち、浜松藩水島家と老中水島出羽守との結びつきを示している。

戸が開き、冷たい風が入り込んだ。職人体のふたりが入ってきた。源九郎は手酌で酒を注ぎ、猪口を口に運んだ。

一連の流れが見えてきた。

葛城の藤太一味は美穂藩江間家上屋敷に何かの工作をするために鶴島新治郎を利用した。しかし、鶴島新治郎が不審をもちはじめたために始末しなければならなくなった。そこで、今度はお園と早川弥二郎を巻き込んだ。

そのために、千五百石の旗本蒲原家の名を出しているが、蒲原家の事情を葛城の藤太が知るはずがない。出羽守のほうから知らされたのであろう。

こうして、鶴島新治郎を情死として始末することに成功した。

そしてひと月後、流源九郎が登場して、情死事件を調べ直し始めた。葛城の藤太一味は流源九郎が何者かをしらべようとして、驚いたに違いない。松沼平八郎に似ていると。

もし、本人だとしたら、葛城の藤太一味の工作に関係なく、美穂藩江間家を糾弾出来る。こうして、葛城の藤太一味が江間家上屋敷への工作を続ける一方、老中の出羽守は公儀隠密を使って流源九郎の正体を暴こうとしてきた。

徳利が空になっていた。源九郎は追加を注文した。

すぐ、お玉が酒を運んできた。

「流さま。これを空けたらいつも寝ちゃうんですから」

「わかった、気をつける」

源九郎は苦笑した。

手酌で注ぎ、酒を喉に流し込む。

問題は葛城の藤太一味は上屋敷にどんな工作をしているのか。鶴島新治郎の口封じからひと月あまり、上屋敷に動きはない。

まだ、工作が終わっていないのだとしたら別の家臣が鶴島新治郎に代わって工作の手伝いをさせられているはずだ。

冷たい風が吹き込んだ、戸が開いて、新しい客が戸口に立った。彦三だった。源九郎と目が合うと、微かに頷き引き返した。

残りの酒を呑んでから、ゆっくり立ち上がった。

源九郎は鳥越神社の鳥居をくぐった。

拝殿の横をまわって裏手に行く。

彦三が待っていた。

「『小浜屋』についてわかりました。木挽町で呉服屋をやっている『斉木屋』の主人から聞いたのですが、『小浜屋』の主人の妹が老中の出羽守さまの側室だそうです」

「なに、出羽守さまの……」

源九郎は思わず唸った。

「流さま、まさか、出羽守さまが絡んでいるってわけじゃ……」

彦三は怯えたような顔をした。

「その、まさかだ」

「えっ」

「出羽守さまは美穂藩江間家をつぶそうとしている」

「なぜ、そんなことを？」

「わからぬ」

その裏に浜松藩水島家がいるが、そのことは口にしなかった。

「鶴島新治郎を殺した連中は何者なのですか」

「旅先で、葛城の藤太一味の話を聞いたことがある」

「葛城の藤太一味？」

実際は、美穂藩の国家老丸尾柿右衛門（まるおかきえもん）から聞いたのだが、そのことは口に出来ない。

「大和の国の山奥に謀略と奸計に長けた忍びの集団があり、葛城の藤太という男が率いているそうだ」

「忍びの集団ですか」

「大名に雇われて、活動している」

「では、出羽守さまに……」

「証があるわけでなく、迂闊なことは言えぬが……。それに、親分。このことは口外しないほうがいい」

源九郎は厳しい顔で、

「情死事件で奉行所が探索をしないのはそのほうから強い働きかけがあったからだ。親分もここまでにしておいたほうがいい」

「流さまはどうなさるんで？」

「俺はお園と早川弥二郎の仇をとる。早川弥二郎はそのことを俺に託したのだ」

「あっしも闘いますぜ」

「これまで親分はよくやってくれた。ここまでこられたのも親分がいてくれたからだ。だが、あとは俺ひとりでいい」

「でも」

「親分も目をつけられているはずだ。葛城の藤太一味は殺しに見せない方法でひとを抹殺している。親分にはおかみさんがいるのだ。これ以上深入りするな」

「…………」

「しばらく、俺との縁を切るのだ」

「流さま」

彦三は声を詰まらせた。

「俺ならだいじょうぶだ。さあ、引き上げて。これまでのことは礼を言う」

彦三は深々と頭を下げて鳥居を出て行った。

三

翌日の昼八つ（午後二時）過ぎ、源九郎は小石川にある旗本蒲原家の屋敷の前で、蒲原十右衛門（じゅうえもん）が屋敷に帰ってくるのを待っていた。

今朝、やってきたとき、ちょうど蒲原十右衛門は登城するところだった。乗物を見送るしかなかったが、下城を狙って改めてやってきた。

ここに立って四半刻（三十分）後、蒲原十右衛門の乗物が屋敷に近づいてきた。

源九郎は刀を右手で腰にまわして飛び出して行った。

警護の武士がさっと乗物の前に立ちふさがった。

「蒲原の殿さま。拙者、流源九郎と申します。早川弥二郎どのの件でお話を」

源九郎は訴える。

「狼藉者」

警護の武士が刀を抜いた。

源九郎は怯まず、乗物近くで跪いた。

「早川弥二郎は蒲原家の婿養子になれるということで騙されて自滅していった男です」

「退け、退かぬと斬る」

武士が切っ先を源九郎の鼻先に突き付けた。

「殿さま。どうか、お話を」

しかし、乗物は源九郎の前を行きすぎた。

「殿さま」

源九郎は大声で呼びかけたが、駕籠は開かれた門の中に入って行った。

簡単に会えるとは思っていない。だが、どうしても会って確かめたいことがあった。

こうなったら、夜に屋敷に忍び込むかと考えた。

早川弥二郎が会ったのは蒲原十右衛門の偽者だったとしても、その偽者は蒲原家に世嗣(よつぎ)の男子がいないことを知っていなければならない。そして、まだ養子が決まっていないことも。そうでなければ、早川弥二郎を欺くことは出来なかったはずだ。

乗物が中に入り、門が閉ざされた。

源九郎が引き上げようとしたとき、脇門から若い武士がひとり出てきた。乗物の警護をしていた男だ。

その武士はまっすぐ源九郎に向かってきた。

源九郎は訝(いぶか)って武士を待った。

「流どの。どうぞ、こちらに」

屋敷に入るように言う。

「殿さまが会ってくださるのか」

「いえ、当家の用人が代わってお会いするとのこと」

「用人どのが？」

「さあ、どうぞ」

若い武士のあとについて脇門を入った。

若い武士が表長屋の一番奥の部屋に通した。殺風景で、空き部屋のようだ。冷え冷えとしている。

源九郎は部屋に上がって待った。

ほどなく、年嵩（としかさ）の痩せた武士が入ってきた。

「わしは蒲原家の用人だ。名は無用であろう」

用人は名を言わず、部屋に上がり、

「殿に代わってわしが話を聞く」

と、源九郎の前に腰を下ろした。

「やはり、浪人風情では殿さまにお会いできないのですな」

「そうではない」

用人は表情を曇らせ、

「差し障りがあるといけぬのでな」

と、口にした。

「どなたかに対してですか」

「うむ」

「わかりました。ですが、こちらが期待するお答えがいただけるでしょうか」

源九郎は牽制（けんせい）した。

「心配には及ばぬ。殿の意向を汲んでのことだ」

「信じましょう」

源九郎は言い、

「さっそくですが、早川弥二郎とは会ったことがないということですが、それはまことでしょうか」

「なぜ、そう思う?」

「早川弥二郎は蒲原家に養子に入るという話を信じていました。信じるからには、それなりの根拠があったはず」

「殿は、あるお方に養子の相談をされていた。そのお方が養子を世話してくれることになっていた。だから、当家で養子を選ぶことはありえない。したがって、殿が早川弥二郎に会うはずはない」

「あるお方とはどなたですか」

「それは勘弁していただこう」

「早川弥二郎を騙した河村文太に、そのお方が婿の件を話したのですね」

「そうだ。弟の弥二郎が養子に行けなくなったと早川弥一郎と申す者が殿に詫びにきた。我らの与り知らぬことだった」

用人は渋い表情になって、

「殿は、早川弥一郎から話を聞き、弥二郎に痛く同情された。と、同時に婿養子のことを利用されたことに怒りをもたれた。それで、そのお方に事情をききにいった。そしたら、河村文太という男に蒲原家の婿養子のことを話したと認めた」

「なぜ、そのお方はそんなことを？」

「上から頼まれたそうだ」

「上から？　どなたですか」

「それも勘弁していただこう」

「上のお方はなんのために、そんな真似を？」

源九郎は鋭く迫った。

「わからぬ」

「殿さまはどうお考えで？」

「殿もわかるはずがない。もし、早川弥一郎がやってこなかったら、婿養子の話が利用されていたことも知らないままだったのだ」

用人も憤慨した。

「上からとはひょっとして」

源九郎は間をとって、

「老中の水島出羽守さまでは？」

と、思い切って口にした。

「…………」

用人から返事がない。しかし、返事がないのは認めたことだ。

「そうなのですね」

「確かめたわけではないが、おそらく」

用人は慎重に答えた。

「なぜ、そう思った？」

「河村文太が早川弥二郎を利用して殺した鶴島新治郎は美穂藩江間家の家臣です。出羽守さまと美穂藩江間家に確執があると耳にしたことがあります」

「出羽守さまが美穂藩江間家と確執？」

用人は首を傾げ、

「出羽守さまが一介の大名に特別な思いを持つとは思えぬが」

と、疑問を口にした。

浜松藩水島家との関係からとは言わずにいた。

「殿さまは出羽守さまの味方でしょうか」

源九郎は遠慮せずにきいた。

「いや」

用人は首を振る。

「出羽守さまの評判はいかがなのでしょうか」

「独断専行のお方で、敵も多いと聞いている」

「敵？」

「同じ老中の木崎越後守さまと激しく対立しているようだ」

「木崎越後守さまですか」

「越後守さまは賄賂も受け取らず、融通のきかないお方だそうで、出羽守さまとは水と油の関係だという。殿が漏らしたことがあるが、出羽守さまを公然と批判出来るのは越後守さまだけのようだ」

用人は声を落して言ったあとで、

「そうか、それでか」

と、合点したような顔をした。

「なんでしょうか」

「殿から聞いたのだが、去年、出羽守さまが三方領地替えを考えた。その中に、美穂藩江間家も含まれていたはずだ」

三家の大名の領地替えだ。江間家は越後のほうに領地を替えるという案があったと、高見尚吾から聞いたことがある。

「他の老中の反対で、出羽守さまは領地替えを諦めた。強く、反対したのが越後守さまだったと聞いている。このとき、江間家は越後守さまに御礼に上がっているはずだ」

「出羽守さまはまだ領地替えを諦めていないということですね」

何かが頭の中で弾けた。何かが見えそうな気がしたが、そこまでには至らなかった。いままで、美穂藩江間家に敵対する出羽守と浜松藩水島家という構図で見ていたが、ここに新たに木崎越後守が加わった。

出羽守にとって越後守は邪魔な存在のようだ。越後守と美穂藩江間家が同時にいなくなれば……。出羽守がそう考えたとしたら。

「流どの。いずれにしろ、当家は勝手に利用されただけだ。早川弥二郎には気の毒だったが……」

「わかりました。これで得心がいきました」

源九郎は礼を言い、蒲原家の屋敷をあとにした。

小石川を出て、四半刻後に米沢町に着いた。

銭の絵が描かれた軒下に下がった木札が風にくるくる廻っていた。源九郎は戸を開けて中に入った。

帳場格子に番頭の欣三が座っていた。

「これは流さま。お久しぶりで」

欣三が愛想笑いを浮かべた。

「主人は？」

「へい、ただいま」

欣三は奥に行った。

すぐに、主人の平蔵が出てきた。

「これはお珍しいことで」

平蔵は穏やかに言う。

「相談がある」

「なんですね」

「塀を乗り越えられる身の軽い男を知らないか。知っていたら世話してもらいたい」

「なにをなさるんで。まさか、盗みに」

平蔵は驚いたように言い、

「打って付けの男がいます。連絡をとって、今夜にでも長屋に行かせます」

「すまない」

「また、こっちもお願いするかもしれませんので。八田さんがやめてしまったので」

「八田さん？」

「用心棒の浪人ですよ」

「やめたのか」

「ええ、割がいい仕事があるからと」

「そうか。でも、代わりはすぐ見つかるだろう」

「流さまほどでなくても、そこそこ腕が立たないと。そうなると、なかなか見つかりません」

「それは困ったな。まあ、手ごわい相手のときはいつでも力を貸そう。とりあえずは、身の軽い男だ」

「どうぞ、ご安心を」

「頼んだ」

源九郎は米沢町から元鳥越町に帰った。

いつものように『呑兵衛』で呑んで、店が込んできて、引き上げた。

長屋に帰ると、男が煙草を吸って待っていた。

「勝手に待たせてもらいました。平蔵の旦那から言われてきました多助っていいます」

多助は立ち上がって言う。二十七、八歳だ。小柄で細身の男だが、眼光は鋭く、油断のならない目をしている。

源九郎は部屋に上がり、

「座れ」

と、男に声をかける。

源九郎は火箸を握って火鉢の灰をかき回す。熾火に炭を並べる。

「何をやるんですかえ」

多助がきいた。

「根岸のある寮に忍び込みたい。先に入って裏口の戸を開けてもらいたい」

「それだけですかえ」

「そうだ。中の連中に気づかれたくない」

「お安い御用ですぜ」

多助は自信たっぷりに言い、

「で、いつですかえ」

「早い方がいい。明日の夜」

「わかりました」

「おまえは盗人か」

「正面切って言われると答えづらいですが、まあ、そんなところです。でも、表向きは煙草売りをしています」

「まあ、よけいな詮索はしまい。明日、頼んだ」

「へい」

「こうしよう。明日の暮六つ（午後六時）、御行の松で落ち合おう」

根岸の西蔵院境外の不動堂にある松だ。

「わかりやした。じゃあ。明日」

多助は立ち上がった。

「待て」

源九郎は呼び止めた。

「なぜ、そなたはあっさり俺の頼みを聞き入れるのだ？」

多助は一瞬ためらったようだが、

「平蔵の旦那が流さまはお近づきになっておいて決して損ではないと仰ったので」

と、正直に答えた。

多助が引き上げたあと、戸が開いて、隣の留吉のかみさんが顔を出した。

「流さん。これ、もらいもののおすそ分け」

「てんぷらじゃないか。これはありがたい」

「亭主がもらってきたの。それから、これはいつもの和え物」

貝と野菜の和え物だ。

「すまない。じつは腹が空いていたんだ」

源九郎は礼を言う。

「よかったわ」

「留吉さんによろしくな」

土間を出て行くかみさんに声をかけた。

ちょうど、火鉢で鉄瓶が噴いてきた。

四

翌日の夕方、源九郎は根岸に向かった。

西蔵院不動堂に着いたときには辺りは暗くなっていた。御行の松の前に、すでに多助が来ていた。

「早いな」

「へえ」

「行こう」

源九郎は不動堂を出た。

音無川に沿って歩いていると、暮六つの鐘が鳴りだした。

やがて、雑木林の中に入る。漆黒の闇だ。しばらくして、『小浜屋』の寮が闇の中に浮かんで見えた。

二階の部屋に明かりが灯っている。

寮の裏にまわる。裏口の前にやってきた。閂がかかっている。

「越えられるか」

源九郎は塀の上にある尖端の尖った竹の忍び返しを見てきいた。

「たいしたことはありません」

多助は自信満々に言いながら黒い着物を尻端折りし、黒い布で頬被りをした。

縄でも使うのかと思ったが、そうではなかった。塀の中ほどを手で確かめ、少し離れてから勢いよく塀に飛び上がり、塀の中ほどに足をかけて弾みをつけて伸び上がり、両手で忍び返しの竹を摑んだ。

そのまま攀じ登り、いきなりしゃっちょこだちになった。そして、次の瞬間、多助の体が一回転して塀の向こうに消えた。

ほどなく、裏口の戸が開いた。

多助が立っていた。源九郎は素早く中に入る。

母屋に向かう。雨戸は開いていて、部屋に明かりが灯り、障子にひと影が映った。

源九郎は廊下に近づく。

そのとき、廊下に足音がした。源九郎と多助はあわてて縁の下に身を隠した。源九郎はそっと覗く。裁っ着け袴の男がやってきて、障子を開けた。

伊勢の文太だ。河村文太と名乗り、早川弥二郎を操った男だ。

やはり、ここが葛城の藤太一味の隠れ家に間違いない。

「これからどうしますか」

多助が声をひそめてきく。

「何人いるか調べたい」

「あっしに任せてください」

多助は縁の下を出て行った。

しばらくして、伊勢の文太が部屋から出てきて廊下の奥に消えた。

源九郎は縁側に上がり、障子の隙間から中を覗いた。数人の浪人が車座になって、酒を呑んでいた。

浪人は五人いた。皆、大柄でいかつい顔をしている。葛城の藤太一味の仲間とは思えない。背中を向けていた浪人が体の向きを変えた。

あっと、源九郎は小さく叫んだ。金貸し平蔵の用心棒をしていた八田だ。割がいい仕事に乗り換えたということだったが、まさかここにいようとは。

源九郎は縁側を下り、庭に出た。

多助が戻ってきた。

「玄関に近い部屋にさっきの裁っ着け袴の男以外にふたり。若い男です。あとは、寮番夫婦と下男の三人です」

葛城の藤太一味はもっといるはずだ。葛城の藤太や鶴島新治郎を操った女はここにいない。本拠は別にあるのだ。

それより、浪人が集められていることが気になる。割がいい仕事として、浪人を集めていたのは葛城の藤太一味だ。

いったい、何をさせるつもりか。

用心棒をしていた浪人もまだ何をするのか知らされていないのかもしれない。

「出よう」

源九郎は言う。

「もう、いいんですかえ」

「いい」

ふたりは庭の暗闇を突っ切り裏口に向かった。

源九郎が外に出たあと、多助は裏口の閂をかけて、再び塀を乗り越えてきた。

御行の松まで戻ってから、

「頼みがある」

「へえ、なんなりと」

「平蔵の用心棒をしていた八田という浪人を知っているか」

「へえ、何度か顔を合わせたことがあります。もう、用心棒をやめたはずですが」

「その八田が寮の部屋にいた」

「えっ、あの八田さんが?」

「明日、また忍び込んで、八田を外に誘い出してもらいたい」

源九郎は大きな胸騒ぎを覚えていた。

翌朝四つ(午前十時)、源九郎は再び根岸の西蔵院不動堂に来ていた。

多助が『小浜屋』の寮に行ってから四半刻ほど経った。ようやく、多助が戻ってきた。

「すぐ来ます」

「うむ」

多助が言ったとおり、ほどなく八田がやって来た。

「俺に何用だ?」

八田は訝しくきいた。

「割がいい仕事だそうだが、何をするのだ?」

「あんたには関係ない」

「いや、そうでもないのだ」

「………………」

「『小浜屋』の寮にいた裁っ着け袴の男は伊勢の文太といい、大和の忍びの集団の一味だ。どこぞの大名家に頼まれて、狙いの相手を謀略で叩きのめすという連中だ」

「忍びの集団？　ばかな」

八田は冷笑を浮かべた。

「かなり、やばい仕事をさせる気だ。違うか」

「話せない」

「口止めされているのだな。誰に声をかけられたのだ？」

「井村大造という男に声をかけられた」

「井村大造はほんとうの名ではない。伊勢の文太だ」

「流どの。これ以上、話すつもりはない。失礼する」

「待て」

源九郎は引き止め、

「井村大造はそなたたちに何をやらせる気だ？　腕利きの浪人を集めてのこととなれば、誰かを襲うのだな」

「…………」

「いいか。井村大造は伊勢の文太の偽名だ。謀略と奸計によって相手を破滅に追い込む大和の忍びの仲間だ。そなたたちは、それに巻き込まれているのだ」

「…………」

八田の表情が強張った。

「誰を襲撃するのだ？」

「知らぬ。間際になって言うそうだ」

「ひと殺しを引き受けたのか」

「金をもらえればいい」

「いくらだ？」

「百両」

「なに、百両？　ひとり百両か」

「そうだ。それが手に入るのだ。断る理由はない。すでに、手付けとして十両もらった」

「百両で殺す相手とはどんな人物か。狙う相手の手掛かりはないか」

「ない。ただ」

八田は言いよどんでから、

「相手は武士で、大物だ」

と、口にした。

「大物？　どうしてそう思うのだ？」

「乗物を襲うらしい」

「乗物？　乗物に乗っているとなれば大名か大身の旗本か」

とっさにある人物の名が源九郎の脳裏を過った。

「おそらくな。世直しのためだと言っていた」

「それを信じているのか」

「信じるしかない」

八田は自分に言いきかせるように言った。

「他の連中もその気になっているのか」

「もちろんだ。百両手に入る仕事など、そうないからな」

「浪人は何人だ？」

「五人だ」

「五人で五百両。井村大造と名乗った男はほんとうにそれだけの金を出すと思うか。

いや、出せるのか」

「井村大造の背後に控えている人物がいるのだ。金はそこから出る」

浜松藩水島家か、それとも老中の水島出羽守……。

「どこで、襲うのか」

「まだ、聞かされてない」

「襲撃はいつ？」

「それもまだだ、決行日が決まったら、他の隠れ家に移るようだ」

「他の隠れ家？　どこだ？」

「深川だ。詳しい場所はわからぬ」

八田は言ってから、

「これ以上は話せぬ」

と、厳しい顔で言う。

「考え直せ」

源九郎は強い言葉で言う。

「そなたたちは利用されているのだ」

「心配してくれるのはうれしいが、もう走り出した。井村大造の言葉を信じて突き進むだけだ。失礼する」

思い詰めたような目を向けて言い、八田は逃げるように不動堂を出て行った。

「八田の動きを見張ってくれないか。深川の隠れ家を突き止めたい」

「わかりました」

不動堂の隅に隠しておいた煙草売りの荷を背負い、多助は寮のほうに向かった。

源九郎は早急に高見尚吾に会わなければならないと思い、五郎丸を探した。

ふつか後の昼過ぎ、春木町にある酒屋『灘屋』の離れで、源九郎は高見尚吾と会うことが出来た。

「何かわかったのか」

「はい。その前に、新しく雇った奥女中はおりましたか」

源九郎は真先にきいた。

「いた。春乃(はるの)という女だ。去年の十月に奉公に上がっている。しかし、見張らしていたが、格別に怪しい動きはない」

「警護の侍と会うことは？」

「ないようだ」

「そうですか」

源九郎は首を傾げた。新しい警護の侍が鶴島新治郎に代わって春乃となんらかのやりとりを続けていると思ったのだが……。

それとも、代わりを必要としなくなったのか。

まさか、鶴島新治郎を始末したのは疑惑をもたれたからではなく用済みだからでは。

源九郎は愕然とした。

つまり、上屋敷における工作は完了しているということだ。その上での浪人を集めての何者かの襲撃。

「じつは、葛城の藤太一味が、浪人を集めているのです。浪人に声をかけていたのは井村大造と名乗る男です」

「なに井村大造？」

「ご存じですか」

「うむ。偶然か、当家にも同名の者がいる。徒目付だ」

「徒目付……」

源九郎はもやもやしてきた。

「浪人たちは乗物の人物を襲うようです」

「乗物といえば大名か。誰だ？」

高見尚吾は厳しい顔を向けた。

「去年、出羽守さまは三方領地替えで、江間家を越後のほうに移そうとしていたそうですが、その案が潰れたのは、同じ老中の木崎越後守さまが反対したからとお聞きしました」

「そうだ。越後守さまは江間家を助けるというより三方領地替えに反対された。おかげで当家も助かった」

「江間家は越後守さまに御礼に上がったのですか」

「岩本勘十郎どのが挨拶に上がった」

「出羽守さまにとっては越後守さまは何かと目障りな存在」

「狙いは越後守さまだと？」

高見尚吾は唖然としてきいた。

「はい。黒幕は美穂藩江間家。そこの徒目付の井村大造が浪人を集め、襲撃をさせたという台本に」

「しかし、その証はない。いくらなんでも、当家を……」

「あります」

「ある？」

「葛城の藤太は謀略と奸計に長けているとのこと。春乃という奥女中は鶴島新治郎から受け取った密書を奥御殿のどこかに隠したのかもしれません」

源九郎は確信を持って言った。

「なぜ、鶴島新治郎が密書を持っているのだ？」

「色仕掛けで近づいた女に頼まれて春乃に密かに渡していたのではないでしょうか」

「その密書に越後守さま暗殺の謀議が記されていると」

「はい、葛城の藤太が偽装した文……」

源九郎はそこまで言ったとき、文の相手がいないことに気づいた。出羽守と伊勢守がつるむことはない。だとしたら、伊勢守は誰と文のやりとりをしていたことに……。

それに、伊勢守は越後守に恩を感じているのだ。そんな謀議をするはずがない。

あっと、源九郎は叫んだ。

「とんだ早とちりでした。まさか、出羽守さまが自分を襲わせるはずがないと思い込んでいたので」

源九郎はすべてを理解した。

「どういうことだ？」

「浪人が狙う相手は出羽守さま自身です。それならば、密書の件も説明がつきます。密書の内容は木崎越後守さまと伊勢守さまとの秘密のやりとり」

源九郎は身を乗り出し、

「そこには、老中の出羽守さま暗殺の企てが書かれて……」

「まさか」

高見尚吾は目を剝いた。

「出羽守さまはいつか深川に何らかの用事で出かけるのではないでしょうか」

源九郎は想像した。

「確か、老中の出羽守さまの下屋敷は小名木川沿いにあると聞いた」

「下屋敷が？　そうですか。それで説明がつきます。出羽守さまはわざと下屋敷に行き、その帰りを浪人たちに襲わせる……」

「なぜ、自分を襲わせるのだ？」

「罠です。おそらく、警護の侍を増やして、浪人たちを迎え撃ち、逆に斬殺する。そして、浪人の懐の文から浪人を雇ったのが江間家の目付井村大造とわかり、江間家上屋敷に探索が入る。すると。そこに越後守さまと伊勢守さまとが交わした文がたくさん見つかり、出羽守暗殺の企てが露見する」

源九郎はこの考えに間違いないと思った。

「由々しきこと」

高見尚吾は顔色を変え、

「直ちに、春乃という奥女中を問い質してみる」

と、声を震わせた。

「おそらく、素直に白状しますまい。それより、偽の文を探し出してください」

「よし。すぐ、屋敷に戻る」

高見尚吾は焦ったように立ち上がった。

源九郎が高見尚吾を見送ったが、密書が見つけ出せるか心配になった。春乃はひとが気づかない場所に隠したに違いない。それでも、そこに隠したのは伊勢守だということにされてしまう。

源九郎は湯島から下谷、三ノ輪を通って根岸に行った。西の空が紅く染まりはじめていた。

『小浜屋』の寮に着いた。もはや、猶予はなかった。八田たち浪人を止めなければならない。

源九郎は門を入り、戸口に向かった。

戸を開けて声をかける。

寮番らしい年寄りが出てきた。

「ここに八田という浪人がいるはずだ。呼んでもらいたい」

源九郎は奥に聞こえるような大きな声を出した。

「もう、おりません」

年寄りは実直そうに答える。

「いない？」

「はい。昨夜、皆さん、出て行かれました」

「井村大造という男は？」

「ごいっしょです。もう、ここには帰ってきません」

「行き先はわからぬか」

「はい」

「わかった。邪魔をした」

源九郎は寮を出た。

元鳥越町の長屋に帰ると、多助が待っていた。

「流さま。すみません。尾行に失敗しました」

「いや、仕方ない。気にするな」

源九郎はなぐさめた。

「昨夜、八田さんたちが根岸の寮を出たんです。あとをつけて新大橋まで行ったんですが、橋を渡ったところで、いきなり裁っ着け袴の侍に行く手を塞がれました」

「新大橋まではつけて行ったのか」

「へえ。それで今日は朝から佐賀町を中心にさっきまで歩き回っていたのですが、見つかりませんでした」

「そうか。そこまでしてくれたのか。ごくろうだった」

「それより、ちょっと気になることが」

「なんだ?」

「乗物の一行が佐賀町のほうからやってきて小名木川沿いに向かったんです。八田さんが乗物を襲うと言っていたので、まさかとは思ったのですが。辻番所の番人にきいたら、丸に白扇の家紋は老中の水島出羽守さまだと」

「なに、出羽守さまが深川に」

「はい。下屋敷に入っていきました」

「しまった」

源九郎は刀を摑んで長屋を飛び出した。

五

両国橋を渡り、竪川を越えて、北森下町を過ぎ、小名木川にかかる高橋までやってきた。

すると、辺りはすっかり暗くなっていた。小名木川の対岸の左手から提灯の明かりが動き出した。

「出羽守さまの一行ですぜ」

多助が囁いた。

川沿いの通りは道幅も広くなく、襲撃に適さない。大川に出るところ、万年橋だ、と源九郎は叫んだ。

「多助、侍の一団が待機していないか、確かめてくれ。俺は万年橋に行く」

源九郎は万年橋に向かった。

月影が射している。万年橋にやってきたが、どこかに潜んでいるのか、八田たちの姿は見えない。だが、ひとの気配を微かに感じる。川っぷちの草木の中に隠れているのかもしれない。

呼び掛けに応じるはずはない。

やがて提灯の明かりが近づいてきた。多助が対岸の道を走ってきた。

「十人近くいます。乗物の一行から間を置いてつけています」

多助が知らせた。

「こうなれば」

源九郎はとっさに対応を考えた。

「どこかに裁っ着け袴の侍がいるはずだ。見届けてくれ」

「わかりました」

乗物の先頭が万年橋の南詰めから佐賀町のほうに曲がろうとした。そのとき、やはり川っぷちの草むらから、覆面をした侍が白刃をかざして飛び出した。

「狼藉者」

警護の侍が乗物を守るように素早く立ちふさがった。

源九郎は抜刀して駆けだした。

「義によって助太刀いたす」

そう叫びながら、警護の侍と襲撃者たちの間に割って入った。

大柄な侍が上段から斬り込んできた。源九郎は相手の剣を弾き、八田を探す。

源九郎と気づき、立ちすくんでいる侍がいた。

別の侍の剣を払い、源九郎は八田に斬りつける。八田は鎬で受け止めた。

「なぜだ？」

八田が叫ぶ。

「罠だ。皆を退かして逃げるのだ。応援の者がすぐ駆けつけてくる」

複数の足音が迫ってきた。

「俺の言葉を信じろ」

「わかった」

八田はようやく悟ったようだ。

「みんな、退け。退くのだ。罠だ」

八田は叫んだ。

「さあ、早く」

源九郎は覆面の侍たちを急かした。

八田たちは逃げだし、万年橋を渡った。

警護の侍が追おうとした。源九郎は行く手を遮るように橋の前に立った。

「どけ」

警護の侍が怒鳴る。

「もう、心配はいらない。賊は逃げた」

源九郎はとぼけて言う。

「どけというのだ」

侍が強引に脇をすり抜けようとした。源九郎はそれを遮った。

「きさま」

そこにたすき掛けの侍たちがやってきた。

「連中は？」

先頭のひとりがきいた。肩幅の広いがっしりとした体型の侍だ。眉尻がぐっと上り、大きな目が鋭い。三十半ばぐらいか。

「この者が逃がしました」

「拙者は狼藉者を追い払っただけ」

源九郎は平然と言う。

肩幅の広い侍は源九郎の前に立ち、

「名は？」

と、きいた。

「まず、ご自分から名乗られるのが筋であろう」

「桐生大治郎だ」

「流源九郎と申す」

「なぜ、賊を逃がしたのか」

「追い払っただけだと言っている」

「流源九郎、よけいな真似を」

「義によって助太刀したが、かえって迷惑だったようですな」

源九郎は皮肉を込めて言い、

「確かに、十人近い援護の者が用意されていれば、拙者が割り込む必要はなかったかもしれませんね」

「ぬけぬけと」

桐生が抜き打ちに斬りつけた。源九郎は飛び退いて剣を構えた。

「何をするか」

「賊はとらえ、首謀者をきき出さねばならなかったのだ、それをそなたは……」

桐生はぐっと腕を伸ばして正眼に構えた。切っ先はびくともせず、確実に源九郎の目をとらえている。

出来る、と源九郎は悟った。

そのとき、乗物の扉が開き、渋い顔だちの武士が顔を覗かせた。水島出羽守だ。

出羽守は乗物を下りて近づいてきた。

「桐生、やめい」

出羽守が声をかけた。

「はっ」

桐生は刀を引いた。

出羽守は源九郎を見つめ、

「そなたの顔、覚えておこう」

そう言い、出羽守は乗物に戻ろうとした。

「この者をこのままでよいので」

桐生が出羽守にきいた。

気がつくと、野次馬が集まって遠巻きに見ている。

「捨ておけ」

出羽守は吐き捨て乗物に乗り込んだ。

一行は永代橋のほうに向かった。

見送っていると、背後から声をかけられた。

「流どの」

八田だった。

「多助からきいた。まさか、援軍が用意されていたなんて」

「桐生大治郎というのはかなりな剣客だ。五人は斬殺されたはず」

八田は息を呑んで、

「なぜ、こんな手の込んだことを？」

「ある人物を罠にはめるためだ。八田どのたちは利用されたのだ。井村大造もいっしょだったのか」

「いつの間にか姿を消してしまった」

八田は憤然と言った。

「また、金貸し平蔵の用心棒に戻るのだな」

源九郎はそう言い、万年橋を渡った。

「流どの」

八田が呼びかけた。

振り向くと、八田は深々と頭を下げていた。

数日後、春木町にある酒屋『灘屋』の離れで、源九郎は高見尚吾と会った。

「出羽守さま襲撃の件、五郎丸から聞いた」

野次馬の中に五郎丸もいたようだ。

「こっちも密書を見つけた。殿の寝所と奥方の化粧部屋にも隠してあった。もっとも、流どのが出羽守の企みを阻止した時点で、密書も意味をなさなくなったが」

「でも、真相がわかり、ようございました」

源九郎は安堵した。

「だが、春乃という女を取り逃がした。密書を捜しているのに気づき、屋敷から姿を消したようだ」

高見尚吾は悔しそうに言った。

「はい。私のほうも葛城の藤太一味を誰ひとりとして捕まえることが出来なかったことが無念です」

「いや、よくやってくれた。そなたの活躍がなければ、まんまと出羽守の企みどおり、当家は濡れ衣を着せられるところであった」

「いえ、鶴島新治郎の情死に不審をもたれた高見さまの炯眼があってこそ」

源九郎は高見尚吾を讃えた。

「しかし、出羽守や浜松藩水島家もこのまま黙って引き下がるとは思えぬ」

「はい。また、新たな攻撃を打ち出してくるやもしれません」

「そなたは出羽守に目をつけられた。十分に注意をするように」

「わかりました」

「私は明日にも国許に帰る。そなたの働き、殿もお喜びになろう。なれど」

高見尚吾は表情を曇らせ、

「そなたに何もしてやれぬ。許してくれ」

「とんでもない。こうして、生を受けていられるのも殿さまや高見さまのおかげ」

源九郎は頭を下げた。

「今度、出府するのは来年の四月。そのときは殿とも面会出来よう」

高見尚吾は先に立ち上がった。

昼過ぎ、源九郎は日本橋久松町の長屋にお清を訪ねた。

お清は仕立ての手を休め、源九郎を迎えた。

「お園が理不尽に巻き込まれた事件はすべて解決した」

源九郎は具体的な名は秘して、情死の真相を簡単にまとめて話した。

「姉も早川弥二郎さまも犠牲になったんですね。でも、今はあの世で、ふたり仲良く暮らしていると思います」

お清は涙ぐんだ。

「これから、気持ちを新たに生きていくのだ。さらばだ」

「ありがとうございました」

源九郎は土間を出て、左官屋の元吉の家に寄った。

「流さま」

お新が出てきた。

「元吉は仕事か」

「はい。足が治って、もう張り切って仕事に行っています。借金もおかげさまでちゃんと返していけそうです」

「それはよかった。じつは、お清の件はすべて片づいた。もう、ここに来ることもないだろう。元吉にもよろしく伝えてくれ」

源九郎が挨拶をして引き上げかけると、

「流さま。御礼がまだです。預かっておりますので」

お新が柳行李の蓋を開けた。

「それはいいんだ。気にするな」

「えっ？」

「最初からもらう気などなかった。長屋の皆に返しておいてくれ」

「でも」

「いい。では、さらばだ」

源九郎は長屋木戸を出て行った。

夕方から源九郎は『呑兵衛』の小上がりで、ちびりちびり酒を呑んでいた。

職人や日傭取りはまだ仕事は終わっていないので、客はまばらだった。徳利が空になって、源九郎は小女のお玉に追加を頼んだ。

新しい徳利が届き、手酌で注いだとき、戸が開いて巻羽織の同心が入ってきた。

源九郎ははっとした。武井繁太郎だ。

武井は源九郎のそばにやってきて、

「ここ、よろしいか」

と断り、向かいに座った。

やってきたお玉にすぐ引き上げるからと言い、

「近くまできたので、流どのにお会いしたいと思いまして」

と、口にした。

「なぜ、拙者に？」

源九郎は無愛想にきいたあとで、

「ひょっとして、まだ拙者が松沼某ではないかと思い違いを……」

と、相手の顔を覗き込んだ。

「いや、その疑いは晴れました。先日の上役にもはっきり違うと申しておきました」

「あの男、八丁堀の人間ではないな。誰だ？」

源九郎はきいた。

「仰るとおり、違います」

「何者だ？」

「よろしいではありませんか。もう、関係ありませんから」

「ひょっとして、老中の水島出羽守さまの家来？」

微かに、武井の眉がぴくりと動いた。

「どうしても、流源九郎が松沼平八郎かどうか確かめたいと請われましてね。私が松沼平八郎どのと何度か顔を合わせていたことを知って、依頼にきたようです」

「ふた月ほど前、入谷で起きた情死事件の探索が出来なくなった。これも、出羽守さまの」

「さあ、入谷は私の受け持ちではないので」

武井はとぼけ、

「流どのはこれからもあの長屋でお暮らしを？」

と、話を変えた。

「そのつもりだ。何か」

「いえ。また、お会いしたくなったときのために」

「もう、会うことはないはずだ」

すまないと心で詫びながら、源九郎は突慳貪（つっけんどん）に言った。

「そうですな」

素直に引き下がり、

「では、私はこれで退散いたします」

「そうなのだな」

と、腰を上げたあと、

「そうそう、松沼平八郎の妻女多岐どのの母上と偶然お会いした。そのとき仰っていたが、多岐どのは毎日陰膳を供えているそうです。松沼平八郎どのが永の旅に出ていると思ってるのでしょうか」

「…………」

胸の奥底から激しい感情が噴き出し、思わず多岐と声を発しそうになった。

「余計なことを口にしました。失礼いたす」

武井は土間に下りた。

俺が松沼平八郎だと気づいている。気づいていて黙っているのだと、源九郎は悟った。

「待て」

源九郎は残りの酒を近くにいた客にやり、

「拙者も長屋に帰る。いっしょに出よう」

と、武井に言った。

源九郎と武井は外に出た。

鳥越神社の鳥居の前で、

「では、ここで」

と、源九郎は言った。

「武井どの、お会い出来てよかった」

源九郎は心の底から言った。

「私も。もし、私で出来ることがあればなんでも仰ってください」

「かたじけない」

この瞬間、源九郎は松沼平八郎に戻っていた。

「では」

去って行く武井の背中に、源九郎は深々と頭を下げた。

この作品は「文春文庫」のために書き下ろされたものです。

DTP制作　エヴリ・シンク

文春文庫

情死の罠（じょうしのわな）

定価はカバーに表示してあります

素浪人始末記（すろうにんしまつき）（二）

2024年2月10日　第1刷

著　者　小杉健治（こすぎけんじ）
発行者　大沼貴之
発行所　株式会社 文藝春秋

東京都千代田区紀尾井町 3-23　〒102-8008
TEL　03・3265・1211㈹
文藝春秋ホームページ　http://www.bunshun.co.jp

落丁、乱丁本は、お手数ですが小社製作部宛お送り下さい。送料小社負担でお取替致します。

印刷製本・TOPPAN

Printed in Japan
ISBN978-4-16-792170-5